誰よりも君を愛す

ひちわゆか

幻冬舎ルチル文庫

CONTENTS ✦目次✦

✦カバーデザイン＝吉野知栄（CoCo.Design）
✦ブックデザイン＝まるか工房

イラスト・如月弘鷹✦

誰よりも君を愛す

1

二百人収容の大食堂は、まだ六分の入りだ。総ガラス張りの窓から気持ちいい秋の陽差《ひざ》しが降り注いでいる。

中庭の枯れ芝に、紅葉のはじまったもみじが木漏れ陽のレースを広げる。渡り廊下からは午前の授業を終えた生徒の歓声が聞こえてくる。

のどかな昼休み。

小春日和《こはるびより》の食堂のテーブルに頰杖《ほおづえ》をつき、高く澄み渡る空を物憂げに見上げて、岡本柾《おかもとまさき》は呟《つぶや》いた。

「……腹へったー……」

薄く透明に澄みきった関西風ダシのうどん汁が、浮かぬ顔を映している。

両手で包み込めそうな小さな顔だ。いつもはいかにも気の強い、大きな二重《ふたえ》も、いまはぼんやり。まだ幼さを残す唇が、はあー……と深く溜息《ためいき》をつく。

「……オカ」

友人の長～い溜息に、辞書みたいに分厚い推理小説を行儀悪く肘《ひじ》で拡げてAランチのヒレカツを食べていた佐倉悠一《さくらゆういち》が、切れ長の目をチラッと上げた。

「弁当ふたつ早弁して調理パン三つとうどん食っておれのカツまで掠《かす》め取ってまだ足りないのか？」

「だってなんか最近やったら腹へって。食っても食ってもキリがないんだよなー」

「妊娠してるんじゃないのか？　避妊はちゃんとしろよ」

「アホ。……なーなー、それ美味《うま》い？」

「さっき一切れ恵んでやっただろ。もっと食いたきゃ自分の金で買え」

「けーち」

しかたなく、丼《どんぶり》の底に沈んだうどんの切れ端を箸《はし》で拾って、汁まできれいに飲み干した。十七歳、食べ盛りの胃袋が、そんなもので満たされるはずもないのだけれど。

「うー……腹へったあぁー……」

ポットのお茶は無料だ。空腹を少しでも紛らわせようと、番茶をガブ飲みする柾に、悠一は整った顔をうっとうしそうにしかめる。

「人が食ってるのを恨めしそうに見るな。メシがまずくなる」

「だって美味そうなんだもん」

「なんか買ってくりゃいいだろ」

「うーん……一番安いのはライス三十円かぁ……ふりかけがあればなー」

「醤油かけて食え」

本のページを繰ろうと悠一が皿から箸を離した一瞬、柾の箸が目にも留まらぬ速さで繰り出された。

「隙《すき》ありッ！」

「甘い」

サッとトレーを遠ざける。柾の割り箸は、テーブルに突き刺さってバキッと折れた。

「くっそー……」

「修行が足りん。ここんとこばかに節約してるな。財布でも落としたのか？」

「落としたってどーせなーんも入ってないよ」

悠一が皿の最後のロースカツの一切れを口に運ぶのを恨めしそうに見つめながら、柾はまた憂鬱《ゆううつ》そうに頬杖をついた。

「誕生日なんだよ。……貴之《たかゆき》の」


四方堂《しほうどう》貴之は、柾の血の繋《つな》がらない叔父だ。

イタリア留学中の母親代わりの保護者であり、同居人であり……そして同時に、柾の秘密の恋人でもある。

東大卒、ハーバードMBAの輝かしい学歴。二十九歳の若さで、四方堂重工の代表取締役として辣腕《らつわん》をふるう男。均整の取れた長身、叡知《えいち》の美貌《びぼう》を備えた自慢の恋人。その彼の誕生日が、すぐそこに迫っているのだった。

プレゼントはなににしよう？　貴之みたいに、ゲレンデつきの別荘や、3on3《スリーオンスリー》バスケットコートなんて大がかりなプレゼントはできないけれど、ささやかでも恋人の喜ぶ顔が見たい。

去年はバスローブを贈った。茄子紺《なすこん》色の軽くて柔らかいやつ。ちょっと値が張ったけれど、その代わり物はよくて、いまだにくたびれずに着てもらっている。

今年はどんなプレゼントにしようか。トニックとローションのセット……それとも？

夏ごろからさんざん悩んだ挙句《あげく》、貴之本人にリサーチに臨んだところ、

「欲しい物……？　そうだな、あえていうなら休暇か……ひと月くらい船を出して、のんびり釣りでもできるといいんだが」

毎日多忙な生活を送る貴之は、この一ヵ月というもの、ほとんど休日らしい休日を取っていない。

できることなら、ひと月といわずいくらでもプレゼントしてあげたいけれど、そればかりは柾にどうこうできるものじゃない。――おれにも実現可能なものはない？

「その気持ちだけで充分だが……」

貴之は、切れ込みの深い美しい目をふっと細めた。

「そうだな。それでは、お言葉に甘えてリクエストさせてもらおうか」

「……で、スーツって？　えっらいものリクエストされたな。あの人のスーツなら十万や二十万じゃないだろ」

「よくわかんないけど、たぶん」

「昼メシ一食二食ケチったところで焼け石に水だぜ。デパートのツルシ着るような人じゃない」

それは知ってる。貴之のスーツは、全部オーダーメイドだ。

秘書の中川《なかがわ》によれば、毎年、季節ごとにまとめて何着も作らせているらしい。

「どこの店？　銀座？」

「いいえ、東京に支店はございません。季節ごとにロンドンから、テーラーが生地見本を持って来るんですよ。お値段ですか？　そうですね。お安くはございません」

……リサーチなんかしなきゃよかった。勢いでプレゼントするって約束したものの、まさかイギリスから仕立屋を呼びつける甲斐性が一介の高校生にあるわけもなく。

かといって、あの貴之に安物のツルシなんか贈れるはずもない。そりゃ、貴之ならなにを着たって一流品に見せてしまうだろうし、どんな粗悪品だって、「ありがとう。嬉しいよ」……極上の微笑《ほほえ》みを返してくれるだろうけど。

だけど、それじゃ嫌なのだ。つまらないプライドと笑わば笑え。

「やっぱ、定期解約するっきゃねーかな……」

柾は大きな溜息をついた。

高校卒業後の独立資金。あれだけには手をつけたくなかったが、背に腹はかえられない。

悠一に云われるまでもなく、昼飯代をケチったところで、目ん玉が飛び出すほどのスーツ代が捻《ひね》り出せるわけがないのだ。

「二丁目のコンビニは？　相場的には二時間一万五千……」

「マジ⁉　どこのコンビニ？　おまえんちの近く？」

「新宿。ローソン前に立ってりゃ、おまえなら五万は堅い」

「誰が売春《ウリ》なんかすっか！」

はあーあ……。逆さに振っても溜息しか出やしない。

「……けど、妙じゃないか？」

ふと悠一が首を傾げる。

「あの人がそんな高価な物をおまえにリクエストするかな。おまえの小遣いやバイト代を合わせたって手が出ないことくらい、想像つくだろ」

「どーかなあ。貴之の金銭感覚って、ちょっと庶民と違うからさ。……あ。でも、云われてみれば」

スーツ、とリクエストされた瞬間から、スーツ！　高級！　金！　と、そっちにばっかり頭がいってたけれど、柾の小遣い、学費、その他もろもろ、みんな貴之の財布から出ているのだ。柾の懐事情を知らないはずはない。

「そっか……じゃあ、おれでも買えるような物なのかな、バースデイ・スーツって」

「……バースデイ・スーツ？」

「うん」

頷《うなず》きながら、柾は貴之の台詞《せりふ》を反芻《はんすう》する。

「贅沢《ぜいたく》は云わないが、バースデイ・スーツで柾と休日を過ごせたら最高だな。あとは、美味いワインでもあれば云うことはない」

モーニングという礼服がある。

元は英国の貴族たちが朝の乗馬で着たためにその名がついた。馬に跨《また》がりやすいよう、コートの前裾《すそ》を斜めにカットし、背中には裾を留めるためのボタンがついている。――うんちく好きの世界史の教師が、授業中の雑談で話してくれた。

「それと似たようなもんだろ、バースデイ・スーツって。でも、誕生日に着るスーツがあるなんて知らなかった。悠一、知ってた？」

「………」

悠一は文庫本から目を上げて、まじまじと柾を見つめた。

「オカ……それ、誰かに話したか？」

「してないけど」

「正解だったな。それ、誰にも相談するなよ、絶対」

「え？　なんで？」

「恋人以外とはバースデイ・スーツの話はしちゃいけないことになってんだよ。それどころか、恋人以外に見せると破局するって言い伝えまである」

「へえー……悠一ってやっぱ物知りだな」

さすが、本の虫だけはある。

「ま、おまえよりはな。どーでもいいけど、こんな悠長にメシ食ってていいのか？」

食後のお茶をのんびり喫しつつ、悠一が意味深にぐるりと視線を巡《めぐ》らす。なんで？　と柾が顔を上げかけた、そのとき。

「柾ちゃんみーつけたっ！」

黄色い声。と同時に、四方八方から伸びてきた手が、柾の髪をぐしゃぐしゃにひっかき回した。

「げっ⁉」

「気が付くのが遅い。もう囲まれてる」

いずれも長身の三年女子が五人、まさに壁のごとく、柾をぐるっと取り囲んでいた。

しまった……！　こいつらに見つかる前に退散するはずが、空腹でぼーっとしてた！

「今日もかわいーね、柾ちゃん」

ロングカーリーの女子が、柾の顎《あご》を、人差し指でクイとあおのかせた。つつーっと顎の下を撫《な》で上げられ、恐怖にひきつる柾に、にっこりと笑いかける。

「教室にいないんだもん、探しちゃった。柾ちゃんが学食に来るなんて、ひょっとしてあたし達から逃げようとしてた？」

「ここで会ったが百年目。今日こそは、いいお返事もらうわよ」

「はっ……離して下さいっ。そうやって何度来ようがおれの返事はっ……いでっ！」

別の女子にぐっと髪をひっぱられ、椅子からずり落ちそうになる。

「柾ちゃんてば、髪の毛柔らかーい」

「えー、うそうそ。やーん、ほんとだ。かっわいーっ」

「あたしにもさわらせて～っ」

「いて。いて。いてて……い、痛いですって！」

もみくちゃにされる柾に、

「南無阿弥陀仏《なむあみだぶつ》……」

茶を飲みながら、悠一が静かに呟く。

「今日はうどん？　そんなの食べてたらおっきくなれないよぉ。おねーさんがカツ丼奢《おご》ったげよーか？」

「カレーのほうがいーよねえ？　ビーフ？　チキン？」

「明日はお弁当作ってきてあげる。なにがいい？　好き嫌いある？」

「好き嫌いはないし、弁当もカツ丼もカレーもいりませんっ！」

もみくちゃにされながら柾は大声でわめいた。シャンプーとコロンの匂《にお》いで窒息しそうだ。

「そんなもんで釣ろうとしてもムダですから！　嫌だっつったらぜったい嫌だ！　ずぇったいにお断わりだっ！」

「なーによ。まだ観念しないつもり？」

女子たちは憎々しげにフンと鼻を鳴らす。

「強情だなあ」

「いーかげん諦《あきら》めて、うんって云っちゃいな？　楽になるよぉ？」

「いやだッ！」

髪の毛をひっぱられ、襟《えり》首を絞められながら、柾は断固としてわめき続ける。

「誰がなんて云おうと、ドレスなんか着ねーからなっ！」

秋。学園祭の季節である。

ここ東斗《とうと》学園高等部では、毎年、十一月の第二土曜と日曜の二日間、学園祭が催される。近隣では最大の規模と動員数を誇る〝東華祭《とうか》〟――催し物は数あれど、各クラブ対抗の演劇大会は、優勝賞金百万円の特別予算が贈与されるため、各部総力を挙げて臨む一大イベントとなっている。

「百万円よ。男女二百人を抱える大所帯のうちに、百万の特別予算が下りたらどんだけ助かるか。君だってバスケ部員の端くれならわかるでしょ？」

「お願いよ。柾ちゃんがうんって云ってくれないと、出演交渉を任されたあたしたちの責任になっちゃうのよ。バスケ部のためにやってちょうだい。――白雪姫」

「ヤだったらヤです！」

柾はドン！　とテーブルを叩《たた》いた。

「第一おれは、歴《れっき》とした幽霊部員だし！」

「……そこ威張るところか？」

「うるせー悠一。それにお姫さま役は一年がやるのが恒例じゃないですか。おれ二年なのになんで！」

「今年の一年生は不作なの。どいつもこいつも掘りたてのジャガイモみたいな顔ばっか。そんな白雪姫で優勝できるとでも？」

「それに、去年は柾ちゃんがクラスの演《だ》し物で抜けちゃったせいで優勝逃したのよ。今年こそは出てもらう」

「ちょーっとドレス着てカツラ被《かぶ》って、ちょーっと王子様とキスするだけよォ」

「だけじゃなぁいっ！」

「ほんっと強情だなあ。ねえ佐倉くん、なんとかならない？」

脇で読書に没頭している悠一を、元女子バスケ部主将がつつく。

「こいつい ま金欠だから、金積めば裸にだってなりますよ」

「オッケー、賞金の一割、出演料として出す！」

「悠一、てっめー！」

柾にギリギリ襟首を締め上げられながら、親友はしれっとした顔で右手を出した。

「交渉料二千円にまけてやるよ」

「ざっけんな！　金でプライド売るくらいなら舌嚙《か》んだほうがマシだ！」

「それほどのことか。ただの学祭の行事だぜ。ドレス着て王子様とキスするくらい、人生の恥にはならないって。せいぜい卒業アルバムに記念写真が載って、同窓会の度にからかわれる程度だ」

「じゃあ悠一はできんのかよ、人前で男とキスが！」

「……」

「ほらみろ。他人事だと思って勝手なこと云うなよなっ」

女子たちじゃ不服？　十一でどう!?」

「十万じゃや不服？　十一でどう!?」

「いやですっ！」

「ええい、十三万だ！」

「金の問題じゃない！」

「……オカ」

と、悠一がちょんちょんと肩をつついた。

「あんだよっ!?」

「ソースついてるぜ」

振り向いた柾の口の横をペロッと舐《な》めた。

たっぷり五秒、なにが起きたか把握できず、ぽかんとするだけの柾。先に反応したのは女子たちだ。

「きゃーっ」

「見ちゃった〜」

「……てっ……」

柾はぶるぶると震える手で悠一の襟を締め上げた。

「てっめえぇ……なにさらすッ！」

「べつにたいしたことじゃないだろ、これくらい」

「そうそう。たいしたことじゃないってば」

「イヤだっ！　ぜったいやらない！　だいたい、女顔なら他の二年にもいるのになんでおれが！」

わめく柾に、女たちは顔を見合わせ、肩をすくめた。

「まあね。女顔ってだけなら他にもいるけどさ……」

「顔立ちもだけど、柾ちゃん、まだヒゲ生えてないでしょ？」

「そーそー。お肌つるつるベビーフェイス。化粧ノリよさそう」

「それに……なんたって、ちっちゃいし」

「ちっちゃくなーいっ！」

椅子を蹴倒《けたお》して立ち上がった柾を、五人の魔女たちが、不気味な笑顔でいっせいに見下ろす。

「んー？　なんか云ったかなぁ？」

「うぅ…………」

屈辱に唇を噛みしめ、うなだれた。

岡本柾、身長一六八・七センチメートル。

三年女子バスケ部元スタメン陣。平均身長、一七七・二センチメートル。

「ヒゲだ！　なにもかもヒゲさえ生えりゃ解決するんだ！　ヒゲ！　ヒゲヒゲヒゲヒゲヒゲヒゲーッ！」

「叫んだって生えてこねーっての」

放課後の帰り道。

肩を怒らせてずんずんと進む柾の後ろから、悠一はのんびり歩いてくる。

「そう気にするなよ。そのうち嫌でも生えてくるさ。……学祭には間に合わないだろうけど」

「くっそー……養毛剤塗ってやるっ！」

「よせって。肌荒れするだけだよ。だいたいな、髭《ひげ》が薄いか濃いかなんてしょせん男性ホルモンの作用に過ぎないんだ。髭イコール男らしさなんてのはただの幻想。筋肉をつけることで自分が強くなったと思い込もうとするボディビルダーみたいなもんだって。あ、ちょっと待った。買い物」

悠一は通りのドラッグストアに入っていった。店先のウインドーに顔を映して、柾は深い溜息をついた。

自分の顔は好きじゃない。

男にしては目が大きいのが特に嫌だ。まつ毛も長すぎる。口ももっと大きいほうがよかった。顎ももっとがっしりと……こんな女顔じゃなかったらよかったのに。

身長もなかなか伸びない。体育の授業は前から数えたほうが早い。中学三年間やっていたバスケはマッチョになるスポーツじゃないし、成長期に筋肉をつけすぎると身長が伸びなくなると聞いてあまり筋トレもしなかった。そもそも筋肉のつきにくい体質らしくて、逞《たくま》しさとは程遠い。

高校に入ってからはバイト三昧《ざんまい》で、部には一度も出ていない。このところバタバタしていて、退部届を出すのも忘れていたくらいだ。部活はともかく、ジョギングくらいやったほうがいいだろうか。貴之も運動不足にならないように毎週ジムで鍛えているし。

ほどなく、悠一が紙袋を持って出てきた。

「今朝切らしてたんだ」

「ムース?」

「シェービングフォーム」

「……………うううう〜っ」

「落ち着け。どうどう」

「馬か!」

背中をなだめる悠一に鞄を振りかぶる。かわされて、並木の銀杏《いちょう》にヒット。ぎんなんが頭にバラバラと落ちてきた。

「……くっそー……」

「よしよし。これやるから機嫌直せ」

銀に赤ラメのラインが入ったラッピング用の派手なリボン。さっきの店で買ったらしい。

「やるよ。貴之さんへのプレゼントにつけてくれ」

「なんだよ、急に。へんな奴」

と云いつつ、ポケットにねじ込んだ。

「あーあ。どっかにいいバイト転がってないかなあ。週二日で、楽にとはいわないからガッツと稼げるヤツ」

「白雪姫……いて。殴るなって。レンタル屋のバイトまだやってるのか？　もっと時給いいのに変えりゃいいのに」

「うちから近くて時給まあまあで高校生オーケーなバイト、他にないんだよ」

自宅から自転車で十分、国道沿いの大型レンタルビデオ店が柾のバイト先だ。月・水・金の週三日、時給がなかなかアップしないのが目下の悩みである。

「ほんとはもっとシフト増やしたいんだけど、土、日はバイトしないって約束しちゃったし。それに、あの事件があってから、夜遅くなると貴之がうるさくってさ……」

「ああ……だろうな」

なるほどと悠一も頷いた。

そもそも、もともと貴之は、柾のアルバイトには反対なのだ。

「勉学なりクラブなり、もっと有意義な高校生活を送るべきだ。欲しいものがあるなら、渡してあるカードで買いなさい」——というのが彼の主張だ。いくら自分で働いた金が欲しいのだと云っても、ちっとも理解してくれない。石頭。

とはいえ、なんだかんだで柾に甘い貴之は、雨の日などはバイトの送り迎えなんかもしてくれていたのだが。

態度が硬化したのは、今年七月、柾がある殺人事件に巻き込まれてからである。

一時マスコミを騒がせた、〈クラブ・デイトナ事件〉——ゲイ専門のデートクラブでアルバイトをしていた同級生が、覚醒剤絡みで殺害された、あの事件だ。柾はひょんなことから草薙傭《くさなぎよう》というルポライターと知りあい、クラブの内情を探る役目を買って出て、貞操と生命の危機に瀕《ひん》したのだった。

当然、事件は保護者でもある貴之の知るところとなり、こっぴどくお説教されるわ、門限はできるわ、破ったらアルバイト禁止のお達しまで出るわ。

つい先日も帰宅が少し遅くなっただけで辞めろ辞めないの大喧嘩をしたばかりだ。

けれど、ただでさえ、恋人は忙しい身だ。二人きりで過ごせる貴重な時間を、そんなつまらない喧嘩に割きたくないし、キスよりお説教の回数が多いなんてつまらない。

家ではアルバイトの話は一切せず、貴之の帰宅前には帰れるようにしている。

喧嘩をしたくない……そしてそれ以上に、貴之に心配をかけるのは本意でないので。

「殊勝な心がけだな」

「そりゃ、ちょっとは反省してるとこ見せとかねーと、年末年始のバイトに響くだろ。稼ぎどきに邪魔されちゃたまんねーもん」

「……ま、本音はその辺か」

「あー腹へった。マックでなんか食ってくかなー」

「節約はどうした。やっぱりドレス着る気になったのか？」

「だっれが。おれにはこういうモンがある」

制服のポケットから、ぴらりと無料チケットを取り出す。そこへ、突風が吹きつけた。チケットがあおられ、並木の銀杏の落ち葉とともに、ひらひらと風に舞って飛んでいく。

「あーっ！　おれのタダ券っ！　バイトの先輩からジャンケンで勝ち取ったのにーっ」

アスファルトを覆う落ち葉をかき分ける柾に、親友がやれやれとかぶりを振ったそのときだ。

「あのぅ……もし」

もし？

落ち葉をカサリと踏みしめる草履《ぞうり》。顔を上げて、柾は目を丸くした。

大きな日本人形が立っていた。

あでやかな振り袖姿。黒地の紋綸子《りんず》に金の花車と慶長霞《がすみ》を配した吉祥文様《きっしょうもんよう》の京友禅、豪華な佐賀錦の袋帯、草履にも金糸銀糸が織り込まれ、暮れなずむ銀杏並木の黄金色に、鮮やかに映えている。

小首を傾《かし》げると、長い黒髪がサラサラと音をたてて肩を滑る。陶磁器のような白い肌、赤い唇、長いまつ毛が作り出す天然のアイライン。

（人形……？）

悠一も同じくポカンとしている。

等身大の振り袖人形は、ほっそりとした白い手を、優美な所作で差し伸べた。

わ。動いた……。

「お探し物は、こちらですか？」

白い手の平にのっていたのは、ファストフードのタダ券。

「あ……はい。どうもありがとうございます」

「どういたしまして」

柾より二、三センチ目線が高い。モデルばりの長身だ。草履でこれじゃ、ヒールを履いたら一八〇を超すかもしれない。

大学生くらい、もっと年上だろうか。おっとりとした笑顔の醸し出すムードは、少女と呼ぶにふさわしいけれど。

「それでは、ごめん下さいませ」

あでやかな振り袖人形は、にっこりと二人に頬笑みかけ、しずしずと歩きはじめ——と、ほんの数歩も歩かないうちに、へなへなと道にくずおれてしまった。

「大丈夫ですか!?」

柾と悠一は急いで駆け寄り、彼女を抱き起こした。顔から血の気が失《う》せている。

「恐れ入ります……少し目まいが……」

「貧血かな。どこかで休んだほうがいい。オカ、おれの荷物頼む」

「オッケー」

「つかまって。立てますか？」

「恐れ入ります。……あ！　足が……」

見れば、足袋《たび》に血が滲《にじ》んでいる。

「マメが潰《つぶ》れたんじゃないかな」

「朝から歩き通しだったものですから……」

「朝から？」

「はい……」

悠一の肩にくったりと顔を伏せて、振袖人形は呟いた。

「ああ。……お腹《なか》が空《す》いた……」


「おまえも人がいいよな。なにが〝落とし物のお礼に奢ります〟だよ。自分のほうが奢ってほしいくせに」

「だってほっとけねーだろ。朝からなんにも食べてなくて、一銭も持ってないっつーんだもん」

駅前交差点のファストフードは、ほぼ満席だった。中学校や高校が多いので放課後はいつもこうだ。席にあぶれて、テイクアウトを店前の路上でパクついているグループもいる。

「二階空いてるかな」

列に並び、カウンター上のモニターを見上げる。

「一階のほうがいい。着物じゃここの階段はつらい」

「悠一こそやっさしーじゃん」

「情けは人のためならず。金持ちそうな女には一応、親切にしておくことにしてる。……って、彼女は？」

「あれ？」

彼女は入口に突っ立ったままだった。

学生服の群れの中、振り袖姿が異様に浮いている。豊かな黒髪、匂うような美貌の日本人形に、店に入ろうとする客が皆ぎょっとして一度立ち止まっていく。

「どうかしましたか？」

「……ここが……」

ドアまで迎えに行くと、彼女は大きな目をこぼれんばかりに見開いて、柾を見た。そして訊《き》いた。

「ここが、あの有名な、マクドナルドというお店でございますか!?」

「……へ？」

思わず目が点になる。

「ここでご馳走《ちそう》して下さるのですか？　本当に？」

「は？　はあ……」

「感激ですわ！」

美女は興奮気味にキラキラと目を輝かせ、面食らっている柾の両手を取った。

「わたくし、死ぬ前に一度でいいからマクドナルドのハンバーガーを頂きたいと願っておりましたの！　夢のようですわ！」

「は……はあ……？」

……なんなんだ、いったい？　手を握られたまま悠一に救いを求めたが、奴は他人のふりで列に並んでいる。

「えっと……マック、はじめてなんですか？」

「いいえ。何度も」

柾に促されて列の後ろにつきながら、美女はにっこりと答えた。

「ハリウッド映画で拝見しました」

「え……映画？」

「まあ、あのカウンター、映画と同じですわ。まあ、すてきに狭いテーブル！　感激ですわ！」

物珍しげにきょろきょろと店内を見回し、いちいち歓声をあげる振り袖美女に、店中の注目が集まっている。

「……もしかして、すっげー箱入り？」

「普通のＯＬじゃないのは確かだな。あの京友禅、帯だけで二、三百万は下らないぜ」

さすがは悠一。年上の彼女がいるだけはある。

二人でいるところを偶然目撃したことがある。シェットランドシープドッグみたいな長い髪の、知的な美女。会社を経営しているらしいから、きっと着物も沢山持っているんだろう。

「着物もだけど、見ろよ、あの手」

と、悠一は彼女の手を視線で指した。

「形といいツヤといい、甘皮の処理も完璧。水仕事どころか、シャンプーだって自分じゃしない手だ。タダもんじゃないな」

「……おまえ、いつもそういうとこばっか見てんの？」

感心半分、呆《あき》れ半分、軽蔑《けいべつ》少々を込めて見やったが、悠一は澄まし顔だ。

「金持ってるかどうか見るなら、化粧や服より、手に限る」

そういえば、貴之の手もきれいだ。水仕事も力仕事も、およそありとあらゆる肉体労働に縁のない、惚《ほ》れぼれするような美しい手。貴之のする力仕事なんて、せいぜい、柾を抱き上げるとか、耳朶《みみたぶ》をつねるとか、つつくとか撫でるとかつまむとか……。

「……なに赤くなってんだ？」

「べ、べつに」

慌てて顔を背ける。耳が熱くなっていた。貴之のことなんか考えるんじゃなかった。耳どころか、ヘンなとこまで熱くなってしまいそうだ。

「いらっしゃいませ！　ご注文はお決まりですか？　本日、こちらとこちらのセットがお得になっております、どうぞご利用下さいませ！」

ようやく柾たちの順番だ。ところが、美女はスタッフの営業スマイルを見つめてじっと突っ立ったまま。

「お客様、本日はお持ち帰りですか？　それとも店内でお召し上がりですか？」

「………」

「あの……お客様？」

「……感激ですわ！」

注文の仕方がわからなくてまごついているのかな、と助け船を出そうとした柾の前で、美女は両手を組み合わせ、キラキラと輝く瞳で叫んだ。

「映画と同じですわ！　もう一度おっしゃっていただけません？　できれば、〝ご一緒にポテトもいかがですか〟もお願いしたいのですけれど！」

「……箱入りでもなかったぜ。宇宙人だ」

おもしろそうに、悠一が呟いた。


「申し遅れました。わたくし、妙法寺綾音《みょうほうじあやね》と申します。何卒《なにとぞ》、よしなに」

チーズバーガーとコーラのSとポテトのセットのトレーを前に、サラサラと肩から黒髪をこぼして、深々と頭を下げる日本人形。

通りに面した窓際の席で、豪華な振り袖姿の美女と高校生という組み合わせは、嫌というほど人目を引いた。店内の注目はもちろん、往来の通行人が必ず店を覗《のぞ》いていく。

「どうぞ召し上がって下さい。冷めると美味《おい》しくなくなりますよ。まあ温かくてもたいしてそんな旨《うま》いものじゃないですけどね」

綾音はにっこりした。

「そんなことはありません。こうして、映画と同じように、お店の中でハンバーガーをいただけるなんて、夢のようです。行き倒れになった甲斐《かい》がありました」

「そんなに喜んでもらえると、奢った甲斐がありますよ」

おまえ一円も出してないじゃん。……まあいいけど。

「どうぞ召し上がって下さい。あいにくナイフとフォークはないですけど」

「まあ、ご心配なく。食べ方は心得ていますわ。いただきます」

両手を合わせ、しずしずとチーズバーガーを口に運ぶ。柾と悠一は、吹き出すのを寸前でこらえた。

「あの……綾音さん」

笑いをこらえるあまり、眉のあたりをぴくぴくひきつらせた変な顔になりながら、悠一が遠慮がちに声をかけた。

「包み紙は食えない……ことはないだろうけど、お腹を壊すかもしれませんせん」

「まあ」

綾音の白い喉から顔に、インクが染み込むみたいにサーッと朱が上《のぼ》った。

「包み紙は取るものなのですね。映画では、細かなところまではよく見えなかったものですから……」

「誰でもはじめてのときはまごつきますよ」

悠一のフォローに、綾音は、恐れ入ります……と恥ずかしそうに呟いた。そっと辺りの様子を伺い、見よう見まねでぶきっちょに包みを破こうとして、膝《ひざ》の上に取り落としそうになって、焦ってまた赤くなっている。

（かっわいいの）

年上の女の人だけど、つい口もとがほころんでしまう。

「たいへん美味しゅうございます」

ようやく一口頬張って、綾音は嬉しそうににっこりした。

「近頃の日本は、人の情がなくなってしまったと聞いておりましたが、このように親切な学生さんがいてくれたことを、とても嬉しく思います」

まるでスピーチみたいな文章だ。いったい何者なんだろう。帰国子女の箱入り娘？　ほんとに宇宙人だったりして。

陽焼けなんかしたことないような真っ白い膚《はだ》、あでやかに着こなした振り袖、しなやかな手も優美な仕種《しぐさ》もおっとりとした微笑みも、浮世離れしている。

（かぐや姫）

パッと浮かんだイメージ。この世の浮き沈みも汚いことも、なんにも知らないような微笑なのだ……まるで。

「朝からずっと歩いてたって、どこから来たんですか？」

悠一の質問に、綾音は食べていたバーガーを一旦置いてから答えた。

「新宿からです」

「新宿⁉」

「げーっ……」

柾も悠一も、節約のために地下鉄三、四駅分くらい歩くのは平気だけれど、さすがに新宿からここまで歩こうという気にはならない。それも、こんな着物姿でだ。

「本当はもっと動きやすい服がよかったのですけれど……仕方がありません。今日は、結納でしたから」

「結納？　って、結婚するってことですか？」

「それでその振り袖か。おめでとうございます」

「………」

綾音は曖昧《あいまい》な笑みを浮かべて、そっと長いまつ毛を伏せた。愁いを帯びた顔は見とれるほど綺麗《きれい》だったけれど、なんだか、それ以上は踏み込めないムードだ。

柾と悠一はこっそり目を合わせた。

(妙だよな?)

(ああ。妙だ)

おめでたい結納の日に、一銭も持たずに振り袖姿で行き倒れ同然になるなんて。それに、結婚を控えた女の人っていうのはもっと幸せそうなものなんじゃないだろうか? この人の結婚相手なら、きっと誰もが認めるエリートで、周囲にも祝福されてるだろうに。

いったいなにがあったんだろう。生来の好奇心がむくむくと沸き起こってくる。

「それで、どちらまで行かれるんですか?」

「町田まで……人に会いに参ります」

「町田か……遠いな。ここから歩いていくのは無理ですよ。よければ、タクシー代お貸ししましょうか?」

「ありがとうございます。でも見ず知らずの方に、そこまでお世話になるわけには」

「それなら、目的地までタクシーで行って、その人に料金を払ってもらったら?」

悠一の勧めに、綾音はパチパチと瞬《まばた》きした。

「まあ……そうですわね。気がつきませんでした。世事に長《た》けてらっしゃるのね」

「世事ってほどじゃないですけどね。先方がいるかどうか、確認しておいたほうがいいですよ。これ使って下さい」

携帯電話を出す悠一に、綾音は深々と頭を下げた。

「恐れ入ります。こんなにいろいろとご親切にしていただいて、なんてお礼を申したらいいのか……。家を捨てた身でありますゆえ、いまは満足なこともできませんが、落ち着き先が決まりましたら必ずお礼に伺います」

「そっか。大変ですね。家を捨てたなんて」

……ん?

「家を……」

「捨てた?」

「はい」

にっこり。

「わたくし、家出中なのです」

「……はい?」

柾と悠一が同時に聞き返した、そのときだ。

「綾音さん!　綾音さんっ!」

ドンドンドンドンッ!　通りに面した窓ガラスを、突然、牙えないスーツ姿の男が拳《こぶし》でぶっ叩きながら美女の名を叫んだのは。

「木下《きのした》さま……！」

綾音がガタンと立ち上がった。

何事かと呆気《あっけ》に取られる柾と悠一の前に、開きかけた自動ドアを必死の形相で両手でこじ開け、息を切らして飛び込んできた。

三十代半ば、度の強そうな眼鏡をかけた小柄な中年男だ。ボサボサの髪、襟にシミのある安物のスーツにヨレヨレのネクタイ。いかにもうだつの上がらないサラリーマン風だ。

「綾音さんっ……！」

男はゼエゼエいいながら綾音に駆け寄ると、その白い手を取った。

「や、やっぱりあなただったんですね。そ、そこの信号で停まったら、車の窓からあなたが見えて、ま、幻かと！」

「綾音も驚きました。これから、木下さまのお住まいに伺うところでしたのよ」

「ぼくのアパートに？　いったいどうしたんです、というか、どうしてあなたがこんなところに⁉」

美女がおっとりと笑みを返す。

「お食事をご馳走して頂いていました。こちらのお二人にそれはお世話になって——まあ、わたくしったら、まだお名前を伺ってませんでしたわ」

「佐倉です。はじめまして」

「岡本です、こんにちは」

「あ、どうもご丁寧に。木下です」

とりあえず立ち上がって頭を下げあう三人。木下と名乗る男は、柾よりも少し小柄だった。長身の綾音とは十センチくらい身長差がありそうだ。

「お腹《なか》を空かせて行き倒れそうになったところを、お二人に助けていただいたんです。お話では知っていましたけれど、あんまりお腹がすくと、本当に一歩も歩けなくなってしまいますのね。貴重な体験をいたしました。木下さまからもお礼を云って下さいな」

「そうでしたか。それは綾音さんが大変お世話になりまして……えーと、名刺名刺……どこにやったかな……ああいや、そんな悠長な場合じゃないんだ！」

「まあ。なにかお急ぎのご用事ですか？」

「ぼくのことじゃなくてあなたがですよ！　いったいどうしたっていうんです、こんなところで。今日は……そのう……結納だったんじゃ……」

「すっぽかして参りました」

「ああ、そうですか、すっぽかして……すっぽかしたあ!?」

「綾音は、もう家へは帰りません。木下さまの妻にして頂きとうございます」

今度は、綾音が木下の手を取った。男の顔をじっと見つめる。

「綾音が身も心も捧げるのは、木下さまお一人。好きでもない方と添わされるくらいなら、いっそ命を捨てたほうがましです」

「な、なんてことを。間違ってもそんなこと口にしちゃいけませんよっ」

「でしたら。もし、少しでも綾音に情けがおありなら、おそばにおいて下さい。綾音は、なにもかも捨てて参りました。たとえ地の果てでも、三途《さんず》の川の向こう岸へでも、あなたとならば悔いはしません」

「あ、綾音さん……しかし、ぼくはあなたのような女性に思ってもらえるような男じゃ……」

「綾音のことがお嫌いですか？　お料理もお裁縫もできない女は、ご迷惑でしょうか？」

「とんでもない！　料理や裁縫なんてぼくがやればいいんです」

「では、おそばにおいて下さいますか？」

「もちろんです！　一生ぼくのそばにいて下さいっ！」

「嬉しい……木下さま」

ひしと抱き合う二人。水を打ったように静まり返っていた店内から、その瞬間、どっと拍手喝采が沸いた。飛び交う祝福の口笛。

「おめでとー！」

「結婚式はいつー？」

「幸せになー！」

「しっ……失礼」

木下は真っ赤になって、慌てて綾音の肩を離した。ほんのり頬を染めて俯《うつむ》く綾音は、はっきり、恋する女性の顔だった。

(幸せそうだ……綾音さん)

この二人を見ていると、なんだか胸の中がほんわかしてくる。

「と、とにかく、ぼくのアパートに行きましょう。ここじゃゆっくり話も……」

「その必要はない」

そのときだった。

二人の幸福な前途を阻む冷酷な声が響いたのは。

「お捜ししましたよ。綾音さん」

仕立てのいいダークグレイのスーツに身を包んだ若い男が、背後に黒ずくめの大男を二人従えていた。

どう見てもハンバーガーを食べに来た客には見えない三人連れの不穏なムードに、店員たちもカウンターから首を伸ばして、心配そうにこちらを窺《うかが》っている。

「監視の目を盗んで屋敷を抜け出したと聞いて、彼のところへ向かうことは予測していましたが、まさか徒歩だとは……まったく、貴女《あなた》もたいがい予測のできない方だ。都内の主立ったタクシー会社には手を回しておいたんですが」

「津田《つだ》……！　なぜあなたがここに」

「社長からあなたを連れ戻すよう仰せつかりました。その目立つ姿のおかげで、すぐに目撃情報が集まりましたよ」

綾音が怯《おび》えたように後ずさり、木下の背中に逃げ込む。とっさに両手を広げて恋人を庇《かば》う木下の顔も強張《こわば》っている。

（もしかして、こいつが綾音さんの結納の相手？）

絵に描いたようなエリートサラリーマン風だ。涼しい眉、理知的な切れ長の目。すらりとした長身に、細身のスーツを着こなしている。ネクタイの趣味も隙がなくて、いかにも仕事ができそうに見える。

「お久しぶりですね。ご健勝そうでなによりだ」

たっぷり二十センチは身長差のある木下を、津田は威圧的に見下ろした。

ただでさえ、目線の高い側ほど有利なのは口喧嘩のセオリーだ。案の定、木下は見る間に萎縮《いしゅく》して、俯いたままどうも……とか、君も……なんて、ごにょごにょと呟いている。

「わたくしは戻りません」

そんな木下の頭越しに、綾音が気丈に男たちをにらみつけた。

「あまり困らせないで下さい。さ、そこに車を待たせてあります。お父さまもあなたの婚約者も心配しておいでだ」

「いいえ。わたくしは木下さまと一緒になります。お父さまにはそう伝えなさい」

「……一緒に？　彼と？」

津田は眉を上下させた。苦笑してかぶりを振る。

「困った方だ。素直にお帰りになるよう、あなたからも云ってもらえませんか。木下さん」

「そ……それは……ぼくは……」

威圧的な眼差《まなざ》しに気圧《けお》されて、木下はおどおどと視線をさまよわせた。

「ぼくは……その……あ、綾音さんと……」

「木下さん」

津田は静かに遮った。

「あなたもいい大人だ。箱入りのお嬢さんの気まぐれに振り回されている歳《とし》ではないでしょう」

「き……気まぐれ……」

「すてきなお召し物だ」

津田はスッと手を伸ばすと、木下が締めているぺらぺらのネクタイの結び目に、ゆっくりと指をかけた。

「二着で一万円のツルシに三本千円のネクタイか。いまのあなたの暮らしぶりが目に見えるようですね。あなたの収入では、お嬢さまに帯一本買ってさしあげられない」

喉元までネクタイをギュッと絞る。青ざめて強ばった木下の顔を、津田は酷薄そうな唇にふっと冷笑を浮かべて覗き込んだ。

「諦めなさい。あなたにはしょせん、高嶺《たかね》の花だ」

「お黙りなさいっ！」

津田の手をはたき落としたのは、綾音だった。

「木下さま、津田の云うことなど気になさらないで。綾音はおそばにいられるだけで幸せなのです。貧しさなど、あなたとなら……！」

「綾音さん……ぼくは……」

「お連れしろ」

指を鳴らすと、控えていたマッチョが綾音を両脇《りょうわき》から抱えた。

「なにをするの！　お離しなさい！　離してっ」

「綾音さん！」

咄嗟《とっさ》に飛びつこうとした木下が、腕の一振りで跳ね飛ばされ、二メートルもテーブルをなぎ倒しながら吹っ飛んだ。客が悲鳴をあげて飛び退《の》く。

「木下さま！」

「てっめえ！　なにすんだよッ！」

柾が綾音を抱えた男に飛びつくと、奴は、十センチも真上から、わざわざ首を曲げて柾を見下ろした。

「どけ。チビ」

「あンだとお⁉　誰がチビだ！」

云ってはならん一言を！　憤激で真っ赤になった柾を、二人のマッチョが、津田が、悠一が、そして綾音までもがいっせいに見下ろした。――こいつら、いったいなに食ってこんなデカくなったんだ！

津田が顎をしゃくる。

「そんなチビにかまうな。早く車にお連れしろ」

「チビチビ……云うなあっ！」

ひっつかんだトレーで思いっきりマッチョ野郎の横っ面《つら》を張り倒す。ふらついた男の手から逃げた綾音だが、床で伸びている木下に駆け寄ろうとしたところを、もう一人に腕を摑《つか》まれてしまった。

男に蹴りを入れようとした柾は、さっきぶん殴ったマッチョに後ろから首根っこをつかまれ、ぶら下げられた。

津田が、柾の髪を摑み、仰向けさせる。

「このやろッ！　はなせッ！」

「まったく……わからん坊やだな」

「誰がボウヤだ！」

「っ……！　このっ……！」

吊り上げられたままの柾に弁慶の泣き所を蹴られ、カッとなった津田が手を振り上げた。

「おやめなさいッ！」

店から引き出されようとしていた綾音が叫んだ。

「その方は、見ず知らずのわたくしに食事をご馳走して下さった親切な学生さんです。乱暴は許しません！」

「……離してやれ」

津田がマッチョに命じる。柾は尻からどさりと床に落ちた。

「ってー……」

「だいじょうぶかよ」

悠一が手を貸した。

「あいかわらず、血の気が多いやつだな」

「おまえはたまにはキレろ！」

「低血圧なんだ」

木下が、壁につかまりながら、連れ出された綾音のあとを追って店の外に出ようとしていた。

二人もあとを追った。唖然《あぜん》とするほどバカでかいリンカーンのリムジンが、通行人を押しのけるようにして店の前に横づけされ、後部シートに綾音が押し込まれようとしていた。

「木下さま！　助けて！」

両手をドアにつっぱって叫ぶ綾音。だが、木下はその場でうなだれ、力なく首を振った。

「木下さま……!?」

「……帰ったほうが……いいです」

「え……」

「津田くんの云う通りなんだ。ぼくには、あなたを幸せにしてあげられない」

「……」

綾音の顔が、すーっと凍りついたように見えた。

「さあ。もう気がすんだでしょう」

抵抗の力が抜けた綾音は、屈強な男に挟まれるようにしてシートに押し込まれる。ドアが閉まった。

「綾音さんが世話をかけたようだな。取っておきたまえ」

一緒に乗り込んだ津田が、ウインドーを下げると、柾の前になにかをヒラッと落とした。

一万円札。

「足りないか?」

バカにしきった顔で、さらに一枚追加しようとする。

「いらねーよッ!」

「遠慮することはない。たかがファストフードの代金で、あとから難癖つけられてはかなわんからな」

「このっ……!」

「よせよ、オカ。くれるって云うんだ。もらっとこうぜ」

「よせよ悠一ッ！」

いきり立つ柾を無視して、悠一は万札を拾い上げ、財布にしまった。

「悠一ッ」

ギリギリと奥歯を噛みしめる柾に、津田は満足そうな一瞥《いちべつ》をくれた。

「車を出せ」

「ちょっと待った」

悠一が、財布からさっと札を抜き取り、閉じかけたウインドーの隙間から車内に滑り込ませた。津田の膝の上に撒《ま》かれる千円札……九枚。

「釣りです。税込み四百二円のセットだったので」

さらに五百九十八円分の小銭を投げ入れると、怪訝そうな表情の津田に、悠一は涼しい顔でつけ加えた。

「たかがファストフード代で、あとから難癖つけられちゃ、かなわないんでね」

「綾音さんは、大手薬品メーカーの社長の御令嬢なんです。ぼく、その会社で薬品開発の研究してましてね。この間まで長野の研究所にいたんですけど、彼女が近くの別荘に避暑に来て……そこで知り合いました」

熱いのだけが取り柄のコーヒーを前に、木下は、ぽつりぽつりと語り始めた。

さすがにマックからは追い出され、ここは大通りから一本入った喫茶店。人の顔がやっと判別つくくらいの薄暗い店内は、高い仕切りで席がひとつひとつ区切られていて、込みいった話をするには最適だった。

「小さい頃に母親を亡くして、たった一人の父親に溺愛《できあい》されて、風も当てずに育てられた人なんです。高校まではスイスの寄宿学校にいて、そこも良家の子女が入るところでね。びっくりしたでしょう。世間知らずで。独りで街を歩いたこともない……電車の乗り方も、公衆電話の使い方もわからない人で。あの歳まで現金を持ったことがないんですよ。買い物はサインひとつ。いや、もう、これは世界が違うなと思いましたよ」

よーくわかる。柾にもいるから。カードか小切手しか持ち歩かない、電車なんてこの十年乗っていない、スペシャル・エグゼクティブな恋人が。

「不思議ですよね。そんな人が、どうしてぼくみたいな冴えないオジサンとって。いえ、いいんですよ。ぼくが一番不思議なんですから。足は短いしセンスはないし、流行にもうといし、話題っていったら自分の研究分野のことばっかりで。女の子とつき合っても、話がつまらないって振られてばっかりでした。でも……綾音さんだけは、ぼくの話をいつも嬉しそうに聞いてくれたんです。デート中につい何時間も文献に夢中になってしまっても、にこにこして、そんなぼくだから好きだって……そう云ってくれて。実験がうまくいかなくて挫折しそうになったときも、彼女の応援に力をもらってました」

「綾音さんは縁談があるみたいですけど、相手はさっきの津田ってやつですか？」

「いえ。縁談の相手は大手製薬会社の三代目で、津田くんは綾音さんのお父さんの秘書です。東大出のエリートで、社長の片腕なんですよ」

木下は目の下の痣《あざ》を冷やしていたおしぼりで、額の汗を拭《ぬぐ》った。ボディガードに跳ね飛ばされたときにぶつけてできた痣だ。

「ぼくはどうも彼が苦手で……青菜に塩というか、ナメクジに塩というか……」

「気にすることないですよ。誰にだって先天的に相性の悪い相手ってのはいます」

「はは……高校生に慰められてちゃ世話ないなあ」

悠一のフォローに、情けなさそうな笑いを浮かべる。

「……だけど」

と、柾は口を尖《とが》らせた。

「いっくら苦手だからって、なんであんな奴に綾音さん渡しちゃったんですか」

おい、と悠一が肘でつついてきたけど、黙っていられない。

「だって綾音さんはどうなるんだよ。木下さんに会いたい一心で、新宿からここまで飲まず食わずでぶっ倒れそうになるまで歩いてきたんだぜ。なのになんで帰れなんて云ったんですか？　期待させといて土壇場で裏切るなんて、悪いけど、男として最低だと思う」

「おい、言い過ぎだ」

「いえ。いいんですよ。ほんとにそのとおりです」

木下は眼鏡を外して、ハンカチでレンズの曇りを拭いはじめた。

「恥かきついでに話すとね……実はぼく、会社クビになっちゃいましてね」

「……え？」

「綾音さんとのこと、社長にバレてしまって。まあいろいろあって、退職金もナシです。ははは」

「ひっでー……そんなのありかよ」

「不当解雇でしょう？　訴えなかったんですか？」

「そんなことはできませんよ。……彼女を苦しめることになる」

「向こうはそれが狙いか。綾音さんもそれで思い切って駆け落ちするしかないって決意したんだろうな」

「いえ、彼女にはなにも話してません。会社を辞めたことも知りません」

「え？　どうして」

「……そのほうがいいんですよ」

木下は下を向いたまま、どこか諦めたような力無い笑みを浮かべた。

「こんなご時世で、再就職口もなかなか見つからなくてね。いま、家庭用洗剤の訪問販売やってるんです。営業下手《べた》でね、全然売れないんです。はは……」

乾いた笑いがしぼむ。よくよく見ると、よれよれの背広の肘が、すり切れそうに薄くなっていた。

「綾音さんていうのはね、生まれたときから絹の靴下を穿《は》いているような女性なんです。津田くんの云った通りなんですよ……ぼくの年収なんて、あの人の着物代にもおっつかない。給料はスズメの涙、将来の展望も、生活の保障もない……こんな惨めな中年男と結婚したって、苦労をかけるだけなのは目に見えてますよ」

「金がなんだよ！」

思わず、バンとテーブルを叩いた。

「大事なのはお互いの気持ちだろ！　好きならかっさらえばいいんだ。好きでもないやつと結婚するほうがよっぽど不幸せだよ！」

「オカ。もうよせって」

「けどさあっ……」

「……ぼくは、綾音さんが好きですよ」

木下は、半分残ったコーヒーのカップを覗き込むように視線を落としたまま、呟いた。

「好きだから、苦労をかけたくないんです。彼女はまだ二十歳《はたち》になったばっかりで、ぼくはもう三十四。一回り以上も年上のうだつの上がらないオジサンについてきてくれなんて、とても云えないです。……云えないですよ」

項垂《うなだ》れて、いじいじとコーヒーカップの把手《とって》を撫でている木下に、柾のイライラはますます募る。

「歳がなんだよ。関係ないって！」

「彼女が西陽しか入らない四畳半のアパートで洗濯機回してるとこなんて、想像つきます？」

「それは……」

「でしょう？　ぼくもそんな綾音さんは想像できません」

「けど……だけど、好きな人とだったら、どんなことだって幸せだよ」

ふと顔を上げた木下は、度の強い眼鏡の奥で、キリンみたいにつぶらな目でじっと柾を見つめた。

「いいなあ」

「は？」

「高校生ですもんね。うらやましいなあ。ぼくにも君くらいの若さがあれば、綾音さんを攫《さら》ってしまえたかもしれないなあ。できることなら、君らの歳に戻りたいです。若さっていうのは、いいですよ。うらやましいです。無限の可能性があるってことだもの。いまの君なら、望めばなににだってなれる。だけど、ぼくはもう、いまのぼく以外のものにはなれないんです。三十四ですからね」

「そんなの理由になんないよ。三十四だって四十三だっていいじゃんか。なんでそんなことで諦めちゃうんですか。綾音さんはどうなるんだよ」

柾の問いに、彼は答えなかった。穏やかな目を少ししょぼしょぼさせて、なにか眩《まぶ》しいものでも見るように柾たちを見つめていた。

「……君がうらやましいです」

4

「貴之……おれと駆け落ちしてくれる？」

深夜の玄関。

ぱたぱたとスリッパの音をさせて出迎えた柾の第一声に、十二歳年上の恋人は、面食らったように美しい切れ長の目を一瞬瞠《みは》った。

「どうしてもと云うなら、駆け落ちでも、月へ連れて行くでもやぶさかでないが……そういう格好でそういう台詞を云うのが、学校で流行《はや》っているのか？」

貴之が面食らったのは、突飛な台詞のせいばかりではなく、柾がパジャマの上につけていたモノのせいもあったらしい。

柾はエプロンの裾をつまんだ。ひらっとした白いフリル付きだ。

「貰《もら》いもんだよ。いま夜食作ってたから」

先日、夜食に焼きソバを作っていてセーターにソースのシミをつけてしまってから、家政婦の三代《みよ》から、台所に立つ際はエプロンを着用するようお達しが出ているのだ。

「貰い物？」

「洗剤二本買うとオマケでついてくるんだって」

「洗剤……？」

貴之は訝《いぶか》しげに眉をひそめつつ、手に提げていた小ぶりの包みを渡した。

「お土産《みやげ》だ。一緒に食べようと思って作ってもらったんだが」

「わ、お鮨《すし》！」

「今日の会食が鮨屋でね。イクラ五つ入れてもらったよ。だが夜食を準備していたんじゃ……」

「これくらい軽いよ。やった、イクラ。おれ三つ食べてもいい？」

「全部食べてもいいが、その前に、なにか忘れ物はないか？」

お鮨の包みを大事に両手で捧げ持ち、いそいそとキッチンに向かおうとした柾を呼び止める。

「忘れ物？」

「いつものは？」

云われて、柾は急いで駆け寄り、ぴょんと背伸びした。

「お帰り」

「ただいま」

一九〇センチ近い長身を屈《かが》める貴之のこめかみに、ちゅっ。いつもの夜の挨拶《あいさつ》。

都心の一等地。瀟洒《しょうしゃ》な高級住宅地に建つ豪邸が、目下のところ、柾の居候先だ。保護者代わりの貴之との生活も、はや五年になろうとしている。男の二人暮しだが、身の回りの世話をしてくれる通いの家政婦のおかげで、生活に不自由はない。

ここに越してくる前は、浦和のつましいアパートに、母子《おやこ》二人で暮らしていた。五年前、その母が念願だったインテリアの勉強のため海外留学し、柾は亡くなった父方の祖父に預けられたのだ。

祖父は四方堂翁《おう》と呼ばれる経済界の重鎮で、たった一人の孫である柾を、正式な跡取りとして迎えたいと以前から熱望している。この家も柾の通学用にとわざわざ建てたらしい。

だが柾は籍を入れるつもりはないし、まして大財閥の跡取りになるつもりなんてさらさらなかった。ここでの身分はあくまで居候だ。

料理でも洗濯でも自分のことはできるだけ自分でするようにしているし、毎月の小遣いもいずれ返済するつもりで手をつけていない。アルバイトも、高校卒業後の独立資金作りのためだ。とはいえ、貴之がいい顔をしないのもあり、目標額にはまだほど遠い。

貴之は、柾の父親が亡くなったあと、跡取りとして四方堂家に養子に迎えられた人だ。便宜上、叔父ということになっているものの、実際には血の繋がりはない。ついでにいえば、柾は四方堂の籍に入っておらず、だから二人には、戸籍上の関係さえないのだった。

秘密の恋人同士という関係以外は。

「駆け落ちの恋人同士……？」

「うん。学校帰りに知り合ったんだ」

広いリビングルーム。貴之がいつものようにＣＤを選んでいる間に、柾は隣接するこれまた広いダイニングキッチンで、冷蔵庫から卵を取り出した。

「女の人のほうはすっげー金持ちで、男の人は会社クビになって洗剤のセールスやってるんだって。で、女の人は、親に無理やり結婚させられそうになって逃げてきたんだけど……」

浅い小鍋で出汁を温めながら、詳しい経緯を話した。

夜食はカツ丼。夕飯の残りのカツを、出汁と卵でとじるだけだ。男子厨房《ちゅうぼう》に入らずで育てられ、いまだにガスのつけ方も知らない貴之と違って、子供の頃から炊事や洗濯の手伝いをさせられていた。これくらいは朝飯前だ。

「それであの質問か。なるほど。ようやく合点がいったよ」

「好きだから苦労かけたくない、だから諦めるって。おかしいよな、そんなの。どんなに苦労したって、好きな人と一緒にいるほうが幸せに決まってんのに」

ＣＤをかけると、貴之はキッチンを覗きにきた。小振りなボウルでシャカシャカとリズミカルに卵を溶く柾を、物珍しそうに後ろから覗き込んでいる。

ネクタイを外し、いつもはきっちりと櫛目《くしめ》を通している黒髪も、軽く乱して額に下りている。肩の力が抜けて、リラックスしていて、柾の一番好きな顔だ。

「幸せにする自信がないって。なんであんなにマイナス思考かな。男らしくかっさらって逃げればいいのに。貴之もそう思うだろ？」

「そうだな……彼の気持ちも理解できなくはないが」

「えーっ？　なんで？　どこがだよ」

恋人の意外な言葉に、柾は思わず菜箸を止めて抗議する。

「誰しも、大切な相手には苦労をかけたくないものだ。わたしだって、おまえに要《い》らない苦労はかけたくないよ」

「じゃあもし、おれが好きじゃない人と結婚させられちゃうとしても？」

「天地がひっくり返っても、おまえがそんな相手とおとなしく結婚させられるとは思えないが」

不服そうな頬に、笑いながら軽くキスを落とす。

「だがその女性は話を聞いたところかなりの箱入りのようだし、苦労も人の数倍だろう。辛い思いをさせたくないと思ったんじゃないかな。彼女の払う犠牲の大きさも彼は考えたんだろう」

「犠牲？　好きでもない男と結婚させられることより大きい犠牲なんてあんのかな」

「そうだな……たとえば柾は、悠一くんとも他の仲のいい友達とも、母上と会えなくなる、学校にも行けなくなる。もちろんアルバイトにもだ。それでもわたしに付いてきてくれと云われたら、どうする？」

「それは……」

当然行くよ。決まってる。――そう答えるつもりだったのに、ほんの一瞬だけ言葉に詰まった。貴之が素速くちゅっと髪にキスして、「わかってるよ」と囁いた。

「躊躇するのが当然なんだ。それだけ柾が周りを大切に思っているということだからね。親も友人も仕事も、なにかもすべて捨てるというのは、口で云うほど容易《たやす》いものじゃない。それに、そこまで犠牲にしても、残念ながら人の心は変わるものだ。すべてを捨てて選んだ相手を一生愛し続けられるとは限らない」

柾はきゅっと口を結んだ。一生愛し続けられるとは限らない――その言葉に、なんだか、胸がずきんと痛んだ。

「それに万が一、駆け落ちが破綻して戻ったとき、割を食うのは女性の側だ」

「なんで」

「なぜかな。だがそういうものなんだ。まして若い女性のスキャンダルだ。あっという間に世間に広がるし、家に戻っても、一生家の中に閉じ込められて暮らさなければならないこともある」

「まっさか……大げさ。そんなの時代錯誤だよ」

「そう大げさな話でもないんだよ。上流家庭の縁談に家の利害関係が絡まないことはめったにないんだ。閨閥《けいばつ》——つまり、結婚で姻戚関係を作り、企業間の結び付きを強めることが未だにある。それこそ時代錯誤なことだが」

「それって、政略結婚ってこと？」

「彼女がどうかはわからないが、可能性はあるだろうね」

「だったら尚更《なおさら》じゃん。おれだったら絶対そんなことさせないよ。どんなことしたって連れて逃げる」

「彼女もそう云ってほしくて家を出てきたんだろう」

「そうだよ。なのに帰れなんてひどすぎるよ。父親も父親だよ。親は子供の幸せを一番に考えるもんじゃねーの？　許してやればいいのに」

「それでも、たった一人の肉親だ。決意するまで彼女はずいぶん悩み、苦しんだはずだ。恋人も、父親と自分との間で板挟みになっている彼女に胸を痛めてただろうな。だからこそ敢えて自分から身を引いたんじゃないだろうか」

「……敢《あ》えて、自分から？」

貴之は深く頷いた。

「心の底では、攫って逃げてしまいたかったはずだ。好きな女性にとってなにが最善か、なにが一番の幸せか……そんな思いが彼を踏み止まらせたんだろう。攫って逃げなかったからといって愛情が劣っている、男らしくないとは、一概に決めつけられないだろうな」

「………」

「どうした？」

うん……と、柾はボウルを置いて、大きな溜息をついた。

「……おれ、木下さんの気持ちを考えてなかったなって……。悠一はやめろって云ったのに、止まらなくてひどいことばっか云っちゃったんだ。彼女のこと考えたら、すっげえ腹立って……」

後悔がじわじわと押し寄せてくる。消沈した肩を、恋人が背中から優しく抱きしめた。

「それは柾が、彼らのために一生懸命になったからだろう？　大丈夫だ。心配しなくても、その気持ちは伝わっているはずだよ」

そんなふうに慰められると、ますます自分が情けなかった。貴之はなんでもお見通しで、思慮深くて——なのに、おれは。

君の若さが羨ましいです、と云われて、からかわれた気がしてカチンときて、ムキになって。からかわれたんじゃない。本当のことだ。木下がどうしてあんなことを云ったのか、考えようともしないで。ほんとにガキだ、おれって。

駅で別れた木下の姿を思い出す。ささやかながら洗剤の売り上げに協力した二人に何度も礼を云って、改札まで送ってくれた。ひどいことばかり云ったのに、にこにこして何度も頭を下げて――きっと胸が張り裂けそうに辛《つら》かったはずなのに、そんな素振りはちっとも見せなかった。大人なんだ……あの人も。

貴之の広い胸に、寄りかかるようにトンと頭をもたせかけた。

襟口から薫るいつものトニック。ペンハリゴンズ……大好きな匂い。朝のつけたてと帰ってきたときとは匂いが違う。体臭がうっすら混ざって、貴之の匂いになっているから。

二人のことはきっと、貴之の云った通りなんだろう。木下は彼女のことを思って家に帰した。愛しているから、一番大切な人だからこそ、体を削られるほど辛くても、敢えて。

「……だけど」

ウエストに回された貴之の両手に、柾は自分の手を上から重ねた。

「やっぱりおれは、後悔すると思う。なんにもしないうちから諦めるのは嫌だ。どんなに辛い思いしても、どんなに苦労しても、やっぱり貴之と一緒にいたい。……他の誰にも、貴之のこと渡したくないよ」

「………」

「……おれって、やっぱガキかなぁ……」

間違ってる？　こういうの、理想論でしかないんだろうか？

すると、背中から回された両腕に、少し力がこもった。

「彼には彼の考え方があるように、柾には柾の考えがあっていい。なにが正解でなにが間違っているということはないさ。わたしだって、いざとなればおまえを攫って逃げるつもりだからな。もっとも、地位も名誉も金も失った男についてきてくれるかどうか問題だが」

「おれは貴之の金とか地位とかが好きなわけじゃないよ」

ムキになりかけた柾を、恋人は逞しい腕で、今度は強く抱きしめてきた。

「……火を消しなさい」

「なんで？」

「欲情してしまったからだ」

「あッ!?」

布の上から股間《こかん》をぎゅっと摑まれた。驚いた弾みにカシャン、と鍋が揺れ、慌ててガスを止める。

「ちょっ……貴之！　危ないってて っ……」

抱きしめてくる腕の中で体をよじる。だが力強い腕はがっしりと柾の肩をとらえてびくともせず、空いた手がフリル付きエプロンの上から股間をまさぐってくる。

「やだよ、やだって！　鮨！　カツ丼！」

「明日の朝食にでもしなさい」

「鮨まずくなっちゃうよっ。それにおれもう風呂入っちゃったしっ」

「だめだ。……わかるね？」

尻の狭間に、硬くなったものをグリッと押しつけられる。頬がカッと熱くなった。

「風呂には後でわたしが入れてやろう。諦めなさい。そんなかわいい格好で挑発するのがいけない」

「はあ？　エプロンに欲情したのかよっ？　AVじゃあるまいし、おれ裸エプロンなんてぜったいヤだからな！」

「裸エプロン？」

貴之は怪訝そうに聞き返した。

「それは……なんだ？」


考えてみれば、そんな俗な言葉、貴之が知っているはずがないんだった。

（よけいなこと云うんじゃなかった……）

ほぞをかんでも遅かった。Tシャツもハーフパンツも剝《は》ぎ取られ、冷蔵庫の前に立たされた柾の着衣は、白いフリル付きエプロン一枚きり。陽焼けした伸びやかな四肢を、男の前に惜しげもなくさらしている。

邸内はセントラルヒーティングで一年中快適な室温が保たれているので、こんな姿でも寒くはない。むしろ、倒錯めいた格好に……舐め回すような貴之の視線に、体は熱くなる一方だ。

「なるほど……裸エプロンというものは、そそられるものだな」

貴之はエプロンの胸当ての上から、小さな乳首をクイとひっぱった。唇を噛み締めてビクンッと跳ねる柾を、満足そうに見下ろしている。

「お飴……」

上目づかいに、恨みがましく不平を呟くと、

「どうせすぐ腹が空くぞ。どうせなら……わたしを食べてくれ」

笑って、拗《す》ねる唇をキスで塞《ふさ》いだ。

舌先が、羽根のような優しいタッチで、唇のラインを辿《たど》る。

ちゅっ…と音をたてて離れ、今度はまぶたに、鼻先に、おでこに、やさしいキスの雨を降らせ、また唇に、今度は深く重なる。息も継げぬほど激しく吸われ、喉の奥まで舌を使われ、苦しさと、この先に待っている快感への期待に、体も心もどうしようもなく高まっていく。

「ンッ」

エプロンの上から爪で乳首をひっかかれ、かすかな痛みと快感にビクッと跳ねる。合わせた唇から、貴之のくすくす笑いが流れ込んできた。

（嫌がってみせてもムダだぞ……これでは）

胸をいじられただけで条件反射みたいに起立してしまった股間が、貴之の太腿《ふともも》に触れているのだ。

（あ……や……んんっ）

執拗な乳首への愛撫《あいぶ》。キスで唇を塞がれているせいで、喘《あえ》げもしない。声を出せずに快楽を与えられると、体の中に熱が溜《た》まっていくみたいだ。苦しくて体をよじると、面白がってよけいにしつこく嬲《なぶ》られる。くやしまぎれ、口の中をまさぐる舌先を軽く嚙んでやった。

珍しく少し慌てたように唇を離した貴之は、

「……悪い子め」

枉の体を返すと、キスの行く先をうなじに変えた。

冷蔵庫にエプロン一枚きりの胸を押しつけられて、冷たさに一瞬震える。けれど、貴之の濃厚なキスが、うなじから背骨を辿ってゆっくりと下降していくと、震えは快感のそれにすり変わった。

「は……っ」

熱い舌が、尻のラインをつーっと降り、狭間の一点にたどり着く。舌と歯を使った濃厚な愛撫をほどこされ、恥ずかしさに腰をくねらせると、今度は股間が冷蔵庫のドアにこすれて、二重の快感に喘ぐことになってしまった。

再び向き合ったときには、柾の欲望は、エプロンの裾を押し上げていた。跪《ひざまず》いた貴之のちょうど目の高さに、起立したモノがくる。貴之は命じた。

「裾を持ち上げなさい」

「……ッ」

激しい羞恥《しゅうち》にもまれながら、柾はおずおずと両手でエプロンをつまみ上げた。

珊瑚《さんご》色の先端が、フリルの下から露になるのを、貴之が目を細めてじっと見つめている。

おれのあそこを……恥ずかしいくらい硬くなって、ピクピク震えているものをじっと見て
……！

「……や……！」

「まだ下ろしていいと云ってないぞ」

「やだっ……見んなよっ……」

恥ずかしさのあまりすすり泣く柾に、貴之は、ふっと笑みを浮かべた。

「見せているのは柾だろう？」

「だって貴之がっ……あッ！」

転がすように双玉を揉《も》みしだかれ、エプロンを持ち上げたまま体をしならせる。もう片手が尻の狭間《はざま》をまさぐり、ほぐすように円を描く愛撫で攻めてくる。

「あ、ンッ！」

そうしながら、唇がゆっくりと先端に近づいてくる。柾は後ろを攻められる快感に身悶《みもだ》えながら、さらに強い刺激を待った。

熱い息がかかる。濡《ぬ》れた舌が、露出したペニスの先端に触れた。ああっと押し殺した熱い吐息が漏れる。尖らせた舌先が螺旋《らせん》を描きながら唾液を絡めていく。

飲み込まれてく……貴之の口の中に。あの貴之が、跪いて、おれのペニスをしゃぶって……舐めて……！

「あっ、あっ！」

ほんの数度、舌を往復させられただけで、柾は男の口の中であえなく弾《はじ》けた。

肩を喘がせて快感の余韻に震える柾の体を抱き締めると、貴之は摑んだ頤《おとがい》をあおのかせ、唇を重ねてきた。

口の中に残った精液を流し込まれる。昔はこの味が嫌いで、最中のキスを何度も拒んだ。慣れたのはいつごろだっただろう。

「……愛している」

柾のなめらかな背中をきつく抱き、汗ばんだこめかみに唇を押しつけ、熱っぽくテノールが囁《ささや》く。

「おまえさえいれば、他に望むものはなにひとつない。……いいか。覚えておけよ。どのくらい愛されているか、この体で覚えておくんだ」

貴之のワイシャツを握り締めて、柾は逞しい腰に体をこすりつけた。

「おれもっ……おれも、好きだ、貴之。好きだよっ……」

愛してる。苦しいくらい。貴之しかいない。この世界で、おれをこんなに熱くするの。こんなに夢中にさせるの。

「入れていいか？」

ガクガクと頷く。もう待ちきれずに腰がせり出してしまう。

片脚を高く持ち上げられ、立ったまま、入口を押し広げる貴之の大きさに耐えた。快感の味を知っている蕾《つぼみ》は、入れられる前からひくひくと収縮して、貴之を待ちわびていた。

「う、んッ……！」

貴之が入ってくる。狭い器官を押し広げながら。入ってくる……あ……入って……くる……！

「はぁ、あっ、あぁっ」

勃起した乳首をエプロンの上からクリクリといじられ、つままれ、こねくられる。布越しの愛撫はもどかしくて、そのもどかしさがさらに体に火をつける。

たまらなく、いい。肉壁はゆっくりとしたピストンですられ、性器は貴之の引き締まった下腹にすられて、二度めだというのにまたすぐべたべたに濡れてくる。

「うんっ！　おっ……おっきい。貴之、おっきい！」

「まだ半分だぞ……音《ね》を上げるなよ。……そら」

「ンンッ！」

貴之の逞しい腰に長い脚を絡め、体をすりつけながら、キスをねだった。貴之の舌が上顎の弱いところを責めてきて、柾も負けじと応戦して。

「……アッ⁉」

前触れもなく、ヌルン…とそれが引き抜かれた。抱え上げられていた足も下ろされてしまう。

「貴之……？」

なんで……？　荒い息を弾ませながら、恋人の顔を見上げた。

汗ばんだ額にざんばらに落ちた前髪がはりつき、頬が上気している。切なそうに少し細めた目もと、くっきりした眉……見とれるほど美しい恋人……。

「貴之……」

「これで終わりにしようか。夜食を食べるんだろう？」

「やっ……！」

指で入口の周囲をゆっくりとまさぐられる。さっきまで貴之の大きさにこじ開けられていた蕾が、きゅっと切なげに窄まる。

物欲しげに腰がもじもじ揺らめいてしまう。欲しい。貴之の太いやつでぐちゃぐちゃにされたい。

「や……だ……っ」

「うん？」

「やめちゃやだっ……」

弾む息も整えぬままに、首を伸ばして貴之の顎を舐めた。喉仏に吸いつき、たまらずにねだる。

「してっ……中に出して……っ」

灼熱の杭《くい》が、ググッと柾を奥まで突き上げた。

「ああ……ッ！」

「っふ……締まる……」

待ち望んだ快感に体をしならせる。リズミカルに腰を打ちつけられながらくわえ込んだ部分の粘膜を指でこすられると、強烈な快感のあまり涙が溢《あふ》れた。

「ひッ、あッ、ンンッ」

なにも考えられない。頭の中が真っ白にスパークして、ただ貴之を体で感じるだけになる。

「柾……柾っ……」

貴之のせわしい息づかい。欲情に濡れた目。感じてるんだ、貴之も……そう思ったら、肉体の悦《よろこ》び以上のものが、体をさらに熱くしていく。

（貴之——貴之！）

繋がったところからひとつになってしまえばいいのに。どろどろに溶けてしまえればいいのに。もっとひとつになりたい。皮膚なんかいらない。骨も、血管も。混ざり合ってひとつになってしまいたい。

もっと感じてほしくて、自ら挑むように腰をくねらせ、すすり泣きながらフィニッシュを迎えた。

貴之の低い呻きとともに、最奥に、どくっどくっと熱い液体が放たれる。

体中の筋肉が弛緩《しかん》していくのを感じながら、二人は互いの唇を貪《むさぼ》りあった。

「……髭？」

湯上がりのさっぱりした格好で、恋人の肩にもたれて座るソファの上。冷えたイオン飲料を飲みつつ、イクラの軍艦巻きをぱくりと口に放り込む。

「うん。貴之、いつごろ生えてきた？」

「さあ……いつだったかな。高校生くらいじゃないか？」

同じく湯上がりの貴之はビールを飲んでいる。茄子紺色のバスローブ。去年のプレゼントだ。

「薄くても下はちゃんと生えているんだから、べつに不都合はないだろう？」

「あるんだよ、それが……」

溜息をついて、柾は貴之の美貌を見上げる。彼もさほど濃くなくて、夕方になると人相が変わるってほどじゃない。ちゃんと毎朝、髭は当たっているけれど。鏡の前で剃刀《かみそり》を使う姿も格好いいのだ。

「……貴之は、身長とか顔のことで悩んだりしたことないよね」

「まあ、特に悩んだことはないが……というより、特に興味もないな。男は顔かたちじゃないだろう」

それは貴之だから云える台詞だ。

彫りの深い顔立ち。切れ込みの深い切れ長の二重、高い鼻、秀でた顔。すっきりとした男っぽい美貌は、叡知の輝きに溢れている。おまけに一八八センチの均整の取れた長身。武道とスポーツで鍛えた体軀《たいく》。ケチのつけようがないパーフェクト……悩みなんかあるわけない。

拗ねきった視線を向ける柾の口に、貴之は最後のイクラを放り込み、

「そんなに気にすることはない。そのうち生えてくるさ。……薄いかもしれないが」

む。

「わっかんないじゃん。どーする？　すっげえモジャモジャになっちゃったら」

ますます拗ねてムキになる柾に、貴之は、かわいくてしかたないというように目尻を下げた。

「家系的にその可能性はかなり薄いとは思うが……べつに気にしないよ。おまえの顔や体だけを好きなわけじゃない。ほら、ウニは？」

「あーん」

ぱく。

素直に餌《え》づけされる柾に、ますます貴之は目を細める。

「うまいか？　たまには外に食べに行こうか。そうだな……第二土曜ならスケジュールが空く。伊豆にうまい蟹《かに》を食わせる店があるから」

「第二土曜？　あ、その日ガッコの学園祭だよ」

「学園祭か……懐かしいな。柾のクラスはなにをやるんだ？」

「金魚すくいと綿アメ」

「それじゃ、わたしも売り上げに協力しに行こう」

「……来るの!?」

「久しぶりに母校を訪ねるのも悪くないだろう。おまえの担任の先生にもお会いしたいしね。なにか不都合が？」

「不都合……じゃないけど……」

柾はもぐもぐとウニの握りを咀嚼《そしゃく》して、その先の言葉を濁した。
これはやっぱり、どうあっても、逃げきるっきゃないぜ……。

5

「岡本くんみーっつけた！」

「……うわあっ⁉」

それから数日後、ぽかぽか陽気の昼休み。早めに昼食をすませ、屋上でうとうとしていた柾は、突然の大声にガバッと飛び起きた。

寝ぼけた仔犬みたいにきょろきょろしている柾に、クラスの女子が駆け寄ってくる。

「な、なんだ。ビビった……」

バスケ部の三年女子かと思った。まだ心臓がバクバクしている。横で雑誌を顔に載せて寝ていた悠一が、うるさそうに片目を開けた。

この数日、昼休みになると中庭、雑木林、視聴覚室、保健室、屋上……と、転々として過ごしていた。いうまでもなく、魔女たちの追撃をかわすためである。

あの鮫みたいにしつこい先輩たちは、何度断ろうが無視しようが、てんでおかまいなし。休み時間ごとに教室に押しかけてきては勧誘するので、クラスメイトはおろか、教科教諭たちにまで「岡本の白雪姫楽しみにしてるぞー」なんてからかわれる始末だ。冗談じゃない。貴之の前でそんな恥が曝《さら》せるかっての！

「なんだよじゃないよ。みんなで探してたんだから。ねー！　岡本くん見つけたよー！」

するど、彼女の後ろから、わらわらと四人の女子が集まってきた。理系クラスの数少ない女子、ほぼ全員だ。

「ねっねっ、岡本くん、バスケ部の劇には出ないんだよね？　マジだよね？」

「マジだけど……」

「よし、やった！　あのさ、うちのクラスも劇やろうって意見出てさ」

「劇？　なんで。金魚すくいと綿アメだろ？」

「そうなんだけど、屋台だけじゃやっぱり全員参加って感じしないでしょ。来年は受験で学祭どころじゃなくなっちゃうし、いまのうちに思い出作りしたいじゃない」

「クラス対抗の仮装劇、まだエントリー間に合うんだって。大道具とか衣装なんか、これからでも皆でやれば間に合うと思うんだ。で、演目は〝眠りの森の美女〟。どうかな」

「ふーん……おれはべつにいいけど」

なにも考えていない柾の返事に、女子は手を取り合って飛び上がった。

「ラッキー！　じゃ、今日から練習始めなきゃ」

「脚本はもうできてるんだ。いま職員室のコピー機借りて印刷してるとこ。衣装のサイズ測るから、放課後残ってね」

……ん？

「……サイズ？」

「あ、岡本くん主役だから」

「主役？　主役って……」

「そ、眠り姫役。さっきクラスの投票で決まったんだよ。あ、台詞はほとんどないから安心して」

「聞いてねーよ！　そんなのいつやったんだよ！」

「さっき。だって岡本くんたち、四限終わったらすぐどっか行っちゃったから」

「女難の相……女装……」

茫然《ぼうぜん》とする柾の横で、悠一がぼそりと呟く。

「で、王子さまは佐倉くんに決まったから。も、ぜーったい優勝だよねー！」

「はあ？　なんの冗談だよ。なんで男に目覚めのキスなんかしなきゃならないんだ」

「だってこないだ学食でべろチューしたんでしょ？　噂になってるよ」

「べろ……！　悠一！　てめーのせいだからなっ！」

「濡れ衣だ。舌は入れてないぞ」

「そーゆー問題じゃないっ」

「だよな。仮装なんだから王子は女子がやるべきだよな」

「そうゆー問題でもなーいっ！」

「そうよ。そういう問題じゃないわ」

——そのときだ。

で、出た……。

逆当を背負って現れた、バスケ部の魔女軍団。ずいとクラスメイトの前に進み出るや、柾の右腕をがっしりと摑んだ。

「柾ちゃんはクラス劇なんかには出さないわ。あんたたち、悪いけど諦めるのね」

「えーっ！　なんでですかあ⁉」

「当ー然じゃない。柾ちゃんはれっきとしたバスケ部員なんだから」

「どーせ幽霊部員じゃないですか。ぜんっぜん練習出てなくてスタメンどころか補欠だって絶望的って云われてるって聞きましたよ！」

「幽霊だろうと部員は部員よ！」

「ぜんぜん出てない部活よりクラスのほうが優先です！」

クラスの女子が、グイッと柾の左腕をひっぱる。

「白雪姫だって云ってんでしょッ！」

バス女《じょ》が負けじと右手をひっぱり返す。

「眠りの森の美女っ！」

「柾ちゃんの黒髪には赤いリボンが映えるのよ！」

「金髪のカツラだって似合います！」

「バスケ部は十三万出す！」

「お金で釣るなんてずるい！　三年生だからって横暴です！」

「二年のくせに生意気よ！」

「いでででで！　痛いって！」

左右からぎゅうぎゅう腕を引っぱられ、悲鳴を上げる柾。悠一はのんきにフェンスに寄りかかって、柾の飲み残しのブリックパックを飲んでいる。

「ちょっ……おい、悠一！　なに見てんだよ！　助けろって！」

「はいはい」

握り潰《つぶ》したブリックパックをゴミ箱にきれいにシュートして、悠一は、柾を挟んでにらみ合う女子たちの間にズイと進み出た。

一八〇を超す長身から怜悧かつドライな眼差しでジロリと見下ろされ、さしもの魔女たちまでもがたじろいだ。さすがだ、悠一。やっぱり頼れる親友だ！

「全員、静粛に。今後、こいつに関する一切の交渉は、おれを通してもらいます」

「そんな！」

「静粛に」

感激に震える柾を背中に庇い、親友は、静かなる威厳を持って宣言した。

「それでは、岡本柾の文化祭女装劇出演権、五百円からスタート」

「へえー、女装したら十三万かあ。いーじゃん、やっちゃえやっちゃえ。いいバイトじゃん」

アルバイト先の大型レンタルビデオ店は、朝から暇だった。祭日、それもこんな天気のいい日は、客足は鈍い。混みはじめるのは夜になってからだ。

カウンター業務が暇だったので、柾は事務仕事を頼まれた。事務所へ行くと仲の良いバイトの西脇《にしわき》が店内に貼《は》るPOPを書いていて、流れで学園祭の話題になったのだ。

「……他人事だと思って適当なこと云わないでください」

ふてくされる柾を見て、「悪い悪い」と西脇はちっとも悪びれずににやにやしている。

大学生の彼はここでは古株だ。アルバイトに入ったばかりの頃色々と面倒を見てもらい、休憩時間にもよく話をする。

「はーあぁ。学祭のない国に行きたい……」

「東斗って進学校で有名だろ。そういう学校行事は盛り上がらないのかと思ってたよ。学祭とか体育祭とか」

「体育祭はやらないけど、学祭だけは毎年大規模なんです。古い学校だから妙に伝統があるんですよね。バザーなんか毎年すごい額集まるらしいし、OBとか保護者も大勢見学に来るし……」

「そんなに盛り上がるんなら、劇で女装するくらいジョークですむって。おれならやっちゃうねー」

「西脇さんの高校は？　学祭」

「んー、田舎のわりには盛大にやってたんだけど、おれはあんまり積極的に参加しなかったんだよね。バイト忙しかったし。クラスの模擬店の看板ちょこっと作ったり、当日は店番やったくらいかな」

サインペンを何色も替えて器用にPOPを書きながら、西脇は懐かしそうに目を細めた。

「クラス全員で一丸となる、みたいなアツイのがちょっと苦手だったってのもあるんだけどさ。けど、もっとなんか、思い出になるようなことやっとけばよかったなって思うよ。いまになってみるとさ」

「ふーん……。そんなもんかな……」

「そんなもん、そんなもん。だから岡本くんも青春の一ページに記念として」

「そんな灰色の記念は残したくない」

なにより問題は、当日は貴之が来るってことだ。そんな大恥が曝せるもんか。ドレス着て、おまけに舞台で悠一王子とキス。……考えたくない。

はあー……と深く項垂れたところで、目の前の電話が鳴った。

「お電話ありがとうございます。ビデオレンタルの……」

「あ、すみません。島田《しまだ》っていいますが、バイトの岡本くんお願いします」

あれ、この声。

「岡本はおれですけど……って、島田？」

「あ、オカ？」

受話器の向こうから聞こえてきたのは、おなじみのクラスメイトの声だった。

「バイト中悪い。あのさ、おいしいバイトの話があるんだけど、おまえ今日の夕方時間ない？　千葉で、パーティのウエイター。時給二千円」


「おかえり」

ドアを開けるなり、不機嫌な声が出迎えた。

「またバイトだったのか。祭日だというのに朝から働き者だな。そんなことで、勉強のほうはだいじょうぶなのか」

接待ゴルフで遅くなるはずの貴之は、一足先に帰っていた。

二階の寝室の奥にあるウォークインクローゼット。スーツやワイシャツが、ブティックみたいにきちんと並ぶ小部屋で、上半身裸になって着替えていた。

贅肉ひとつない体軀だ。陽焼けした厚い胸板、美しい上腕二頭筋、引き締まった下腹……むちゃくちゃかっこいい。

けど、むちゃくちゃタイミング悪い。

「……帰ってたんだ」

「わたしが早く帰ると、なにか都合でも悪いのか？」

鏡の中から、切れ長の目がジロッと柾を一瞥する。

（うっわ……やばい。むっちゃくちゃ機嫌悪い）

やっぱり西脇に電車賃を借りて直接行けばよかった。集合場所までの金が財布に入っていなかったので、一旦戻ったのだけれど。

島田が紹介してくれたアルバイトは、東京駅五時集合だ。あと三十分以内に出ないと間に合わない。

「従兄弟《いとこ》がスタッフ派遣の事務所やってて、人手足りないからって頼まれてたんだけど、おれさっき駅の階段でコケちゃってさー。いま病院」

「病院？　だいじょぶなのかよ」

「怪我はたいしたことないんだけど、ちょっと頭も打ったみたくて、これから精密検査。それで、そのバイト他にも欠員出て困ってるみたいなんだよ。誰でもいいから代わり紹介しろって泣きつかれちゃってさ。悠一にも電話したんだけど捕まんなくて。五時に東京駅まで事務所の車が迎えに行くから」

「レンタル屋は四時までだから、間に合うと思う」

仕事は十一時までだと聞いて、まっさきに貴之の顔が浮かんだけれど、今日は悠一のところに泊めてもらえばいい。どうせ接待ゴルフで遅くなるからうるさいことは云われないだろう——そう高を括っていたのに。なんで今日に限ってこんなに早く帰ってくるんだよ、もう。

内心舌打ちしつつ、柾は背伸びして、貴之の耳朶にチュッとただいまのキスをした。恋人の心をほぐすには、まずはキス。最近覚えた技だ。

「ぜんっぜん悪くないよ。ゴルフだっていってたから、もっと遅くなるのかなーって思ってただけだよ。今日はどうだった？」

しかしキス作戦も功を奏せず、貴之はむすっとしたままだ。

「接待ゴルフだ。志気も上がらん」

「貴之、ゴルフもうまいんだよね？　今度教えてよ」

「ゴルフは、暇な大学生とオジサンのするスポーツじゃなかったのか？」

貴之はピンストライプのシャツに袖《そで》を通し、辛子色のネクタイを合わせている。スーツは鏡の前にかかっている濃紺のを着るんだろう。

「貴之とだったらなにやっても楽しいよ。……また出かけんの？」

「横浜の翁のところへ。夕食はすませてくる」

「そっか。いってらっしゃい」

ちらりと視線が向いた。

「……嬉しそうだな」

「んなことないって。あのさ……今日、悠一のとこに泊まっていい？」

「どうして」

「みんなで化学のレポートやろうって、さっきバイト先に島田から電話かかってきてさ。グループ研究なんだ。明日提出のヤツ。まとめは全員でやったほうがいいって話になって」

「それなら、うちへ来てもらいなさい」

「でも島田と大木《おおき》も来るし。あいつらんちからだと悠一のマンションのが近いから」

「何人も集まるのに佐倉くんの部屋では狭いだろう。わたしの書斎を使うといい。三人だね？　三代に食事の用意を頼んでおこう」

「いいよ、みんなもう悠一のとこに集まってるんだ。わざわざこっちに移動してもらうの悪いし……」

「柾」

タイを結びながら、貴之が云った。

「なぜわたしの目を見ない？」

「み……見てるよ？」

ギクッとした。そもそもポーカーフェイスは作れないたちだ。一瞬の動揺が顔に出る。

「今日の外出は禁止だ」

ボタンを模した金のカフスを止め、貴之は上着を持ってウォークインクローゼットを出ていった。慌てて後を追う。

「なんで⁉　レポート明日提出なんだよ！」

「本当にそんなレポートがあればな」

「ほんとだって。おれを信用しないのかよ」

「自分が信頼に足る行動をしているか、自分の胸に聞いてみなさい」

「してるじゃんか！」

「………」

貴之がなにか口を開きかけたとき、机のインターホンが鳴った。

『お車が参りました』

「すぐ行く」

内線の家政婦の声に答え、貴之は上着を羽織った。

「一晩かけてよく考えなさい。十二時までには戻る。続きはそのときにしよう」

言い置いて部屋を出ていこうとする貴之に、

「そんときおれがいたらだね」

思いっきり皮肉に云ってやる。

「柾」

「貴之は過保護なんだよ。目を離すとおれがどっかでなにかするんじゃないかって、いっつも疑ってさ。……そりゃ、この間は心配かけて悪かったけど、でもちゃんと反省してるし、勉強だってしてるじゃんか。最近はバイトで遅く帰ったことだってないだろ」

一度キレると、七月の件からこっち、鬱積しまくっていたものが、地殻を割って一気に噴出してきた。

「恋人として扱うって云ったくせに、けっきょくは貴之、おれのことただのガキだとしか思ってないじゃんか。恋人だったらもっとおれのこと信頼してよ。おれもう高二なんだよ。あれはダメ、これはダメって、小学生じゃないんだから、いちいち指図されたくない」

怒鳴ったとたん、インターホンがまた鳴った。貴之は溜息をついた。

「……なだめてやりたいが時間がない。よく聞きなさい」

「おれだって時間ない」

「黙って聞きなさい」

「貴之は！　自分ばっか云いたいこと云ってずるい！」

「おまえがわたしに云いたいことを云わなかったことが一度でもあったと？」

「云ったって聞いてくれないだろ！」

「自分ばかり被害者面するのは感心しないな。そもそも、先に信頼を裏切ったのは誰だった？　アルバイトのことにしても、わたしはおまえを信頼して大目に見てきたつもりだ。それが、あんな事件に巻き込まれて——わたしにも周囲にもあれだけの心配をかけても、まだ懲りずにいる。自分の行いを省みずに人に求めてばかりなのは、卑怯《ひきょう》じゃないか？」

「ちゃんと反省してるよ」

「だが行動が伴っていない。それに、おまえが子供じゃないというのはどうかな。本当に大人としての自覚があったら、あれこれ指図される前に、自ずと、していいことと悪いことの分別はつけられるはずだが。それができない子は、恋人扱いはしてやれんな」

「そういう云い方がやなんだよ！……どうせ貴之は、エッチするときしかおれのこと恋人だと思ってないんだろ」

「バカなことを……」

「だったらなんでもっと信頼してくんねーの!?　いいよもう。これ以上ガキ扱いするんなら、おれ、別れるから」

「——」

やにわに、グイッと強い力が襟首を摑んだ。あおのかされ、首の骨が軋《きし》む。

「いっ……！」

「……いまなんて云った」

「たかゆっ……痛っ……」

「本気か。そんなことを本気で云うのか」

肩も顎もガクガクするほど揺さぶられ、男の逆鱗《げきりん》に触れてしまったことを柾は知った。

だけど一度口にした言葉を引っ込めるには、こっちも勢いがつきすぎている。猫の仔《こ》みたいに首根っこを摑まれて揺さぶられるのも、力と体格差を見せつけられるみたいで腹が立った。ほとんど爪先立ったまま、精一杯にらみ返そうとして――ハッと胸を衝《つ》かれた。

貴之の目の奥にあったのは、憤怒でも激昂《げっこう》でもなかった。深い悲しみが満ちていた。

「……わたしを捨てるのか」

柾は狼狽《うろた》え、視線を逸《そ》らした。口の中が苦いものでいっぱいになる。

ずるい。貴之は。そんな目で見つめられたら、意地を通せなくなってしまう。別れるなんて、本気じゃないに決まっているのに。

「……だって。ちょっと友達のとこに泊まるだけなのに、いろいろ云うから……」

弁解口調に気弱が滲む。貴之はふっと目を細めて、柾の頰を左手の指先でそっと擦《こす》った。

「なるほど、確かにわたしは過保護だ。信頼するしない以前に、おまえがかわいくてしかた

ない。他の男のところへ泊まらせるのも嫌なんだ」

「悠一は親友だよ」

「わかっていても……さ」

端正な頬に浮かんだ自嘲《じちょう》混じりの苦笑を見て、気持ちが少し和らいだ。柾もちょっと笑った。

「知らなかった。貴之もヤキモチなんか妬《や》くんだね」

「そうだ。わたしは勝手な男なんだ。……わたしの態度がおまえの自尊心を傷つけていたのなら謝ろう。……すまなかった」


言葉の切れ目切れ目にキス。とろけそうな眼差しで柾をくるみ込む。

「……おれも、ごめん。さっきの、本気で云ったんじゃないから」

「そうか」

「悠一んとこ、泊まってもいい？」

「そんなかわいい顔で頼み事をされて、だめと云える男の顔が見たいよ」

「じゃあ」

「だがその要求は飲めんな」

貴之は冷たく云った。

「なんでっ」

「昼ごろ、島田くんから電話があって、いいバイトの話があるので至急連絡を取りたいと云われて、三代がバイト先の電話番号を教えたそうだ。階段から落ちて精密検査で一晩入院しているはずの彼が、どうやって今夜佐倉くんの家でレポートを仕上げるのか、聞かせてもらいたいものだ」

「きっ……たねーっ！　知ってて……！」

「汚いのはどっちだ？」

云いざま、軽く肩をつかれた。

二、三歩後ろによろめいた柾と貴之の間を、分厚いドアが遮断する。ガチャッと外から錠が下りた。

「ちょっ！　貴之っ！」

「嘘《うそ》をついたお仕置きだ。わたしが帰ってくるまでそこで反省していなさい」

「なんだよそれ！　開けてよ！　開けろってば！」

蹴り飛ばしても体当たりしても、がっしりしたチークの一枚板はびくともしない。

「十二時までには帰るつもりだが、そこはトイレも風呂もある。帰りが遅れても困ることはないだろう」

「メシは!?　おれ昼飯パン一個しか食ってないっ」

「一食抜いたくらいで死にはしない」

「貴之のバカ！　大ッ嫌いだ！」

「同じ台詞が今夜ベッドの中でも聞けるか、楽しみにしておこう」

廊下を離れていく気配。階段を降りる足音。おまけに、家政婦の三代に、

「わたしが帰るまで寝室から出さないように」

なんて命じているのまで聞こえてくる。やがて東側のバルコニーから、貴之を乗せた黒塗りのリムジンが、ゆっくりと門を出ていくのが見えた。本当の本気で柾を閉じ込めておくつもりなのだ。

「信じらんねーっ……」

こうなったら、絶対、貴之の思い通りになんかなってやるもんか。

柾は南向きの窓を開けた。中庭の桜の大樹が、窓のすぐ下まで枝を張っている。

窓枠に足をかけ、手頃な枝に手を伸ばしてゆさゆさと枝振りを確かめると、ひらりと身軽に飛び移った。重みで太い枝がゆさりと揺れて、枯葉がバラバラと落ちる。

(甘いよ、貴之。出入り口はドアだけじゃないっての)

いまは幽霊部員とはいえ、中等部時代は名門バスケ部のスタメン、都大会ＭＶＰの運動神経は鈍っていない。するすると幹を降りていく。——と。

「あらまあ。大きな猫ちゃんが」

桜の根元に、家政婦の三代が立っていた。

幹につかまったまま、高いところから降りられなくなった猫みたいに固まっている柾を、呆れ顔で見上げている。

「お部屋の窓は出入り口じゃありませんよ。まったく、お行儀の悪い猫ちゃんですこと」

「み、三代さん……ごめん。貴之には黙ってて」

「なんのことですか？　お庭に迷い込んできた猫のことなんて、いちいちお話ししやしませんよ」

三代は柾の降りる位置に、スニーカーを揃《そろ》えて置いた。

「貴之さまがお帰りになるのは十二時ですよ。それまでには必ずお帰りになって下さいましね。寝室の鍵は持って出られてしまいましたから、戻るときもここからですよ」

「ありがと、三代さん！」

「行ってらっしゃいまし。車に気をつけて！」

スニーカーを履くのももどかしくターッと門を駆け出していく柾の背中を、古参の家政婦は苦笑で見送り、ふと懐かしげに目を細めた。

「やっぱり親子なのねえ……正道《まさみ》ぼっちゃまも昔、ああやってよく横浜のお屋敷を抜け出しては翁に叱られていたものだけど。……本当に、日に日に似てくること」

しみじみとした呟きに呼応するように、風が、桜の枯れ葉を優しく揺らした。

6

東京駅、五時。指定通りの場所に、白いバンは停まっていた。

柾《まさき》の他にも、大学生くらいの青年が五人、すでに車に乗り込んでいた。柾が最後だったらしく、助手席に乗り込むとすぐに車を出した。

「君が岡本《おかもと》くんか。話は聞いてるよ。急にすまないね。助かるよ」

バンのハンドルを握っているのが島田《しまだ》の従兄弟《いとこ》だった。信号待ちの合間に貰《もら》った名刺には、派遣事務所社長とある。

「早い話、コンパニオンの派遣会社。今日はパーティのウエイターを手配したんだけど、頼んでた子たちが六人もドタキャンしてくれちゃってね。契約した人数を揃《そろ》えないと違約金が発生しちゃうんで困ってたんだよ。来てくれて助かった」

アルバイトは登録制で、他の五人はコンパニオン経験者だということだった。今回初仕事なのは柾だけだ。

「おれ、ウエイターやったことないんですけど……」

「ウエイターっていっても灰皿交換したり、空いた皿やグラスを下げたりするだけだから、そんなに構えないでいいよ。立食式で、飲食のサービスはプロが入るから。あ、おーい、誰か制服回してやって」

車の後方から、クリーニングの袋に入った着替えが回ってきた。見ると皆、狭い車内で窮屈そうにゴソゴソと着替えている。仕事先に更衣室が用意されていない場合、着替えは車内で済ませていくらしい。

車がカーブを切る度、右に左に振られて頭をぶつけそうになりながら、四苦八苦して狭いシートで制服に着替えた。ベスト付きの黒の上下に、蝶《ちょう》ネクタイ。もともとは島田が着るはずだったせいか、ウエストが緩くて、ベルトでかなり締めなければならなかった。

高速を下りると、やがて、暮れなずむ鬱蒼《うっそう》とした山間《やまあい》に、目的の洋館が姿を現わした。

大理石の壁、鎧戸《よろいど》を嵌《は》めたフランス窓、抱えるほどの太さのある玄関の柱。車寄せの前には三人の女神が瓶を抱えた大きな噴水。ライトアップされた広い庭の奥には、池の畔《ほとり》に建つ四阿《あずまや》も見えた。洋館というより、中世ヨーロッパの古城だ。

呆気《あっけ》に取られているアルバイトたちを乗せた車は、通用門でガードマンのチェックを受け、屋敷裏手にある駐車場で車を降りた。

通用口から入ってすぐに厨房《ちゅうぼう》があった。大勢の料理人が忙《せわ》しく立ち働き、出来上がった料理が次々とワゴンに載せられ運び出されていく。湯気と人の熱気、殺気立った怒号でむせかえるようだ。

「あ、執事さん。遅れまして申しわけありません。彼らが残りのウエイター六人です」

社長が、忙しそうに通りかかった白髪の男を呼び止めた。小柄で干し柿みたいに痩《や》せた、神経質そうな老人だ。

「身元は確かなんでしょうね？」

「もちろんですよ。保証付きです。うちの事務所は高品質、低コストがモットーですから」

「ふん」

気難しそうな執事は、丸眼鏡の奥から、柾たちの顔をジロリと眺め回した。

「本来なら、派遣事務所たらいう得体の知れないところの紹介は使わないのですがね。今日はとにかく人手が足りないので。くれぐれも問題を起こさないように頼みますよ。今日は大切なお客様が大勢いらしているんです。平素、君たちが影を踏むことも憚《はばか》られるような方々ですからね」

「お任せ下さい。うちのスタッフはベテラン揃いで、その辺りのマナーは徹底させておりますから」

揉《も》み手で請け負った社長が、くるりと〈ベテラン〉のアルバイトたちに向き直る。

「みんな、聞いた通りだ。くれぐれもゲストに失礼のないように頼むぞ。すでに他のベテランスタッフが広間で準備に入ってるから、君たちは指示に従ってくれ。二階は住居スペースだから絶対に立ち入らないこと。以上！」

号令と同時に、五人が一斉に厨房を出て行く。柾もとにかく彼らの後についていった。ウエイターは未経験だけれど、二千円も時給を貰うのだ。しっかり役に立たなければ。

細い通路を通って廊下に出る。すると右手の広間からバイオリンのチューニング音が聞こえてきた。

豪華な大広間では、大勢のスタッフが準備に追われていた。

高価そうな絨毯《じゅうたん》。壁は鏡張りで、高い天井からぶら下がった葡萄《ぶどう》の房みたいなシャンデリアが煌《きら》めいている。色とりどりの花々や果物、菓子があちこちにタワーを作り、白いリネンを敷いたテーブルがいくつも並べられ、厨房から運ばれてきた料理が湯気を立てていた。

「しっかしすっげーな……ここ、マジで個人の家？　人住んでんの？」

「フランスから城を買い取って移築したんだってさ。日本は不景気だとかいってるけど、あるところにはあるよなー。この部屋におれんち入っちゃうよ」

「うちなんか玄関に入るぜ」

アルバイトたちはそんな軽口を叩《たた》きながらも、それぞれ仕事を見つけて機敏に動きはじめている。柾も指示に従い、ワゴンを押して何度も厨房とフロアを往復した。

グラスや食器を載せたステンレスのワゴンは、結構な重量だ。おまけに厨房の廊下は狭くて滑りやすい。スピードがつきすぎて壁に激突しそうになり、何度かヒヤッとした。皿一枚だって柾が弁償できるような安物じゃなさそうだ。

（にしても、なんで金持ちって皆でかい家に住みたがるんだろうなー）

横浜にある四方堂《しほうどう》の本宅もかなりの広さで、一度遊びに行ったとき、トイレの帰りに迷ったことがある。長い廊下をぐるぐる歩き回り、やっと元に戻れたと思ってドアを開けたら、そこもトイレだった。

いまの家だって二人暮らしには広すぎて勿体ないくらいだ。光熱費は嵩《かさ》むし掃除だって大変だし、普段使っていない部屋もあるし。もっと小さい家で充分なのに。かといって、前に住んでたみたいな1ＤＫの狭いアパートに貴之《たかゆき》が住んでいるところもちょっと想像できないけれど。

「君。その花瓶、向こうに移動しておいて。重いから誰かに手伝ってもらえよ」

「あ、はい」

季節外れの桜の花が活《い》けられた、一抱えもある大きな花瓶だ。これもかなり高価なものだろう。けど皆忙しそうだし、これならなんとか一人で持ち上げられそうだ。

ところがどうにか持ち上げることはできたものの、思いの外重いし、花で視界が塞《ふさ》がって前がよく見えない。

「っとと、わわわっ」

「あっ、あぶないっ」

よたよたと足もとがふらつく。と、花瓶の向こう側から誰かが支えてくれた。二人がかりで指示された場所まで花瓶を移動させる。

「はー、助かったあ。ありがとうございまし……あれ？」

ほっとして振り向くと、手を貸してくれたウエイターはもう立ち去ってしまっていた。小柄な背中が逃げるようにそそくさと奥に消えていく。

（……あれ？）

その後ろ姿に、柾は首を捻《ひね》った。なんか、どっかで見たことあるような……？

「おい君！　ぼんやりしてないで手伝って。時間ないよ」

「はっ、はい。すみません！」

開宴の時間が迫って、フロアは殺気立っている。目が回るほどの忙しさに、その後ろ姿のことは、すぐに頭から消し飛んでしまった。


六時を回り、次々と到着したゲストが広間を埋めはじめた。

客のほとんどは年配の男女で、用意された料理はあまり手をつけられなかった。代わりにアルコールやソフトドリンクが飛ぶように出ていって、用意が間に合わないほどだ。柾は厨房を往復して飲み物を運んだり、空いたグラスや皿を下げたりと、忙しく飛び回った。

「エクスキューズ・ミー？」

灰皿の交換でテーブルを回っていたときだ。暗褐色の髪の大柄な外国人が、にこにこと声をかけてきた。酒が入っているらしく、目の周りがうっすら赤い。

「バス・ルームはドコですかァ？」

「バス・ルーム？」

あ、トイレのことか。

「えーと、そのドアを出て、左に曲がって、突き当たりを右です」

「センキュウ。ライト、ストレイト、アーンド・レフトね」

「ノーノー、レフト、ストレート、ライト」

「オウ！　ストレート、レフト！　センキュウ」

「じゃなくて……えーと、こっちです」

先に立ってトイレに案内しようとしたが、広間を出ると客はそれを無視して、絨毯敷の大きな階段を勝手に上がっていってしまった。

「ちょ、お客さま！　トイレはこっちですって！」

「ダイジョブダイジョブ、コッチコッチ」

「だいじょぶって、そっちは立ち入り禁止でっ……ったくもー、酔っ払いかよっ」

放っておくわけにもいかない。しかたなく柾も後を追って階段を上がっていった。

客は大きなドアが並ぶ廊下を迷わず進んでいく。祖父の家でトイレに行って迷ったことを思い出していると、突き当たりのドアに入っていった。

「Ｃｏｍｅ　ｉｎ」

「え……おれはべつに……」

行きたくないけど、まあいいか、ついでだし。

トイレの中は薄暗かった。

壁のスイッチをまさぐる。と、その手に、客の指が触れた。スイッチを探しているんだろう引っ込めようとすると、グローブみたいな大きな手が柾の手をがっしり摑《つか》んだ。摑むというより、指と指とを組んで絡める、恋人繋《つな》ぎだ。

……なんだろう？

怪訝《けげん》そうに見上げる柾に、客はにっこり笑いかけてきた。

「そのスーツ、トテモお似合いですネ」

「はあ……」

「デモ、キミに一番似合うのは、バースデイ・スーツですネ。キミのバースデイ・スーツ、ボクは見たいですネ」

「バースデイ・スーツ？」

「知りませんか？　デハ教えてあげる……」

云うなり、柾のベストのボタンを外そうとする。

「ちょっ……なにすんだよっ！」

慌てて突き飛ばすと、客は心外そうな顔をした。

「ハダカのこと、わたしの国では、バースデイ・スーツ云います」

「はだかっ？」

「イエース。産まれたままの姿という意味ネ」

「……裸……」

ってことは……貴之が云ってた「バースデイ・スーツで二人きりで」っていうのは……つまり……。

カアーッと顔に血が上った。貴之……っていうか悠一！　あいつー……！

(貴之さんへのプレゼントにつけてくれ)

あのリボン、つけろって、おれの首にかよ⁉

こみ上げる憤怒で、一瞬状況把握がおろそかになった。いつの間にか後ろに回った男に、背中からガバッと羽交い絞めにされていた。

「ちょっ！　なにすんだよ！」

「キミ、トテモかわいーデス。ステキ。ベリ・ベリ・キュート」

「なにすんだよっ、はなせっ！」

「なぜ怒るデスか？　ボク声かけた、キミついてきた。これ、合意ネ。正しい日本語よ」

「正しくねーよッ！」

日本語以前の問題だよ！

「ダイジョブ、ボク、ビョーキないデス」

「ざっけんな！」

半ばパニック状態で手足をばたつかせたが、丸太みたいな腕はびくともしない。軽々と奥に引きずり込まれ、床に引き倒される。

芋虫みたいに這《は》いずって逃げようとする柾のベルトに指がかかり、グイッと引き戻す。緩かったスラックスが腰からずり落ちそうになる。

「やめろッ！　はなせったら！　このっ」

「スイート・ボーイ……」

ギャー！　耳朶《みみたぶ》嚙《か》むなーっ！

背中にのしかかってきた男の手が腰に回され、手際よくジッパーを緩める。ぶかぶかのスラックスが簡単にスルッと片足脱げた。とうとう最後の一枚の中に手を突っ込まれそうになったその時、床に伸ばした指がなにかを摑んだ。

振り向きざま、とっさに摑んだそのなにかで、男の横っ面《つら》を力一杯殴りつけた。

男が呻《うめ》き声を上げ、床に転がる。柾が摑んだのは分厚いハードカバーの本だった。体を起こすと、顔面を押さえてうずくまっている男の頭上にそれを振り下ろし、さらに、積んであった広辞苑第六版を両手で頭上に振りかぶった。それを見た男が泡を食って後ずさった。

「ノ、ノーノー！　それダメ！」

「るっせえ！　おれに触っていいのはな！　貴之だけなんだよッ！」

ドーン！　と広辞苑が地響きのような音を立ててドアに激突した。男が悲鳴を上げて這々《ほうほう》の体《てい》で逃げ出していく。

柾はゼエゼエと肩で息をしながら立ち上がって、ズボンをずり上げた。

もう暗さに目が慣れて、室内の様子もわかっていた。たぶん書庫とか、書斎だろう。壁は天井までびっしりと書物で埋めつくされ、分厚い本が床にも無造作に積んである。

「くっそー、なにがトイレはどこですかァー？　だよっ。今度からなに聞かれたってトイレの場所だけは絶対教えねーからなっ」

「……くっ」

よろよろと部室を出ていこうとした柾は、背後にかすかな笑い声を聞いて、はッと立ちすくんだ。おそるおそる振り返る。

人がいた。

オレンジ色のスタンドだけを灯《とも》した、薄暗い部屋の隅——窓辺に腰掛けたタキシードの男。

その両脚の間に、黒い服の少年が跪《ひざまず》いていた。男の片手は、股間で規則的に上下している小さな頭部に置かれて、ゆっくりと髪を撫《な》でている。なにをしているのかはっきり見えない

けれど、怪しい動きだってことだけはわかった。慌てて踵《きびす》を返そうとすると、下腹に響くバリトンの美声が、からかうように云った。

「あいかわらず元気そうだな」

……この声……。

柾は薄暗がりに目を凝らした。

ぼんやりしたオレンジ色に照らされた、陽に焼けた浅黒い顔。口もとに浮かぶにやにや笑い。

「どうした。こんないい男を見忘れちまったのか、ボウヤ？」

「あっ……あああーっ！」

思わず指をさして叫んだ柾に、股間で上下する少年の髪をまさぐりながら、男は下手くそなウインクを寄越した。

「よう、久しぶり。ちょっと待ってろ、いま終わる」

「くっ……草薙傭《くさなぎよう》！」

7

「スケベ。変態。恥知らず。色情狂」

「おいおい、三ヵ月ぶりの再会だぜ。もっと他に台詞《せりふ》があるだろ？　会いたかったーとか、大好きーとか、抱いてーとか」

「エロじじい」

んべーっと舌を出す柾に、草薙傭はにやにや笑いを口端に浮かべたまま、逞《たくま》しい肩をヒョイとすくめた。

一九〇センチ近い長身だから、タキシードが映える。カビみたいな顎《あご》の無精髭《ぶしょうひげ》もさっぱり剃《そ》って、洗いっぱなしみたいな髪には櫛《くし》まで入れていた。ちょっとワイルドすぎるけれどもともと顔立ちは整っているから、こうしてきちんと身なりを整えると、どこの紳士かという感じだ。

「だろう？　いい男だろ。惚《ほ》れ直したろ？」

……ただし、黙ってれば。

「いつもよりほんのちょっとだけマシに見えるってだけだよ。図に乗るなよな。てか、こんなとこでなにやってんだよ。あ、もしかして、またなんかの取材……」

「ん？　ナニって……野暮だな、ボウヤ」

さっきの光景を思い出して、顔が熱くなる。

草薙の股間で怪しげな動きをしていた少年は、「絶対電話してよ。待ってるから」……と別れがたげに何度もキスをねだって、どこかへ立ち去った。すれ違いざま、邪魔者と云わんばかりに柾をにらんで。

「パーティに来たもののいっくら待っても主役が出てこないんで、退屈しのぎに探検してたんだ。フランスの古城なんてめったに見学できないからな。さっきの？　さーな、どこの誰だか……あ、云っとくが、誘ってきたのはあっちだぜ」

「べつに聞いてない」

棒読みで云い返してやったのに、草薙はますますニヤニヤする。

「素直じゃねえな。妬《や》いてるなら妬いてるって云えよ。ん？」

「誰が！」

この脳天気な男は、草薙傭という。

フリーのルポライターで、最近では東京のドラッグ事情を一冊に纏《まと》めたドキュメンタリーを上梓《じょうし》したばかりだ。話題の一冊として新聞の書評に取り上げられたり、書店の店頭でも目立つ所に並べられているのを見かけたから、けっこう売れているんだろう。

取材には柾もほんのちょっと協力したので、サイン入りの献本も送ってもらったのだが、いまは悠一の手もとにある。記念に本棚に並べておいたら、貴之に見つかって苦い顔をされたからだ。

草薙と貴之は、大学時代の同窓生だ。学生時代はわりと親しかったらしいけれど、いろいろあっていまは犬猿の仲。この草薙と貴之じゃ確かに水と油だろう。でも柾はどちらかというと好感を持っている。

あの事件のとき、犯人に拉致《らち》された柾を救出してくれたのも草薙だし、著作の中でも、事件の真相には触れず、被害者の名誉を守ってくれた。貴之がいうような、金のためなら強請《ゆす》りもいとわぬハイエナだとか、そんなふうには思えないのだ。

窓枠に腰かけ、どこか物憂げな眼差《まなざ》しで手に取った本をぱらぱらと捲《めく》っていた草薙が、がっしりした顎をさすりつつ溜息《ためいき》をついた。

「うーん……。やっぱフェラだけじゃすっきりしねえな。これからってとこに邪魔が入っちまったからなあ。ボウヤ、責任とって二万でどうだ？」

前言撤回。史上最低のエロボケオヤジ。

「そうにらむなって。ボウヤが浮気してたことは、武士の情け、貴之には黙っててやるからさ」

「はあ？　あの状況見てどーやったらそんな発想が出てくるんだよ！」

「なんだ、またうっかりデートクラブでバイトするはめになったんじゃないのか」

「この制服見ればわかるだろ、ウエイターのバイト中っ」

「ウエイター？　そりゃ失敬……七五三かと」

草薙はニヤニヤと目を細め、ますます柾の神経を逆撫でる。

「バイトねえ。そんな小銭を稼がなくたって、金もカードも使い放題だろうに。ボウヤが一億二億使い込んだところで、四方堂グループの屋台骨はびくともしねえぞ」

「自分で使う金くらい自分で稼ぐよ」

「おおー、えらいえらい。感心感心」

「……いいよ。バカにしてろよ」

「いやいや、マジで感心してるんだって。若いうちに労働の尊さを学ぶのはいいことだ。貴之にしちゃなかなか進歩的な教育方針じゃないか」

「あの石頭がバイトなんか奨励するわけないじゃん。今日だって……」

そーだよ。鍵かけて閉じこめるか、普通!?　なにが「一食抜いたくらいで死にはしない」だ、あの独裁者！

「ははあ……なるほどな。そりゃボウヤが悪い。チャチな嘘つくからだ」

「だって嘘でもつかなきゃこんな時間のバイト許してくれねーんだもん。そりゃ……嘘ついたのはちょっと悪かったけど、貴之は過保護すぎなんだよ」

「そうか？　おれには逆に見えるが。四方堂グループの跡取りがお供も連れず、電車で通学してるってだけでもかなり驚いたぜ、おれは。よくあの四方堂翁《おう》が目をつぶってるな」

「関係ないよ。じーさんのことは」

四方堂翁——柾の祖父は、世間ではそう呼ばれている。

一年前に心臓を患って四方堂グループの重要なポストからは退いたものの、現在でも政財界を牛耳る黒幕的な存在だ。草薙はグループの談合をスクープしたことがあり、祖父が倒れたのはその心労が祟《たた》ってのことだったらしい。貴之から目の敵にされているのは、そのせいでもあるのだ。

「前にも云っただろ。おれは四方堂とは関わりたくないし、跡も継がない。貴之とじーさんが勝手にその気になってるだけだよ。突然出てきて引き取りたいとかいわれてもさ、血が繋がってるっていう実感もないし」

「そういや、高校出たら自立するって云ってたな。それ、貴之は承知してるのか?」

柾は溜息をついた。

「……まだ話してない。その話すると、すぐ喧嘩《けんか》になるから」

進路のこともまだはっきり話したことはなかった。貴之は当然大学に進学するものだと思っている。就職したいなんて云ったら大喧嘩間違いなしだ。けど、どんなに反対されようと、これだけは譲るつもりはなかった。

いま、柾の生活費や学費は、すべて貴之が出してくれている。つまり柾にとっては、恋人のお金だ。

まだ十七歳だから、高校生だから、経済力のある大人の世話になるのはしかたのないことなんだろう。だけど貴之はただの保護者じゃない。恋人だ。

一方的に寄りかかってばかりじゃ、男としてあんまり情けない。十二歳もの年の差はどうしてもこえられない。経済力も頭脳も体力も、いまの自分には逆立ちしたって敵わない。だからこその、男としての意地なのだ。アルバイトは。

「ま、気持ちはわからんでもないが。男としちゃ、恋人のバースデイプレゼントくらい自分の稼ぎでどうにかしたいところだよな」

「えっ……なんでそれ」

「もうじき貴之の誕生日だろ？　一度取材した相手のデータは、だいたいここに入ってる」

煙草を挟んだ指で、こめかみを軽くつついてみせる。

「しかし、例の事件でさんざん心配かけたばっかりだろう。つまらん嘘ついてまた心労増やしてるようじゃ、本末転倒じゃねえか？」

「どっちの味方なんだよ。貴之が過保護すぎるのが悪いの。保護者面ばっかしやがって、あの頑固石頭ジジイ」

「やれやれ、貴之も浮かばれねーなあ……」

首を振り、ぷかあ…と煙を吐いた。煙草の灰を近くの壺《つぼ》に……って、それ骨董品じゃないのか？

と、薄暗い部屋の隅でゴトンと物音がした。ああ、と草薙がうっそりと目をやる。

「そういや忘れてた。ボウヤたちが来る前にも妙なのが一人入ってきやがってな。うるさいんで適当に縛って転がしといたんだ」

その〝妙なの〟は、電気コードでぐるぐる巻きにされ、カーテンの隅に転がされていた。柾と同じウエイター姿で、小柄な男だ。ご丁寧に猿ぐつわまで噛まされ、芋虫みたいな姿で苦しそうにモゾモゾしている。

「ひっでー。なにも縛らなくたって」

「んなこと云ったって、コソコソ入ってきたと思ったら、急にスプレーで威嚇してきやがったんだぜ。正当防衛だ」

「スプレー？」

書棚の間にプラスチックのスプレー容器が転がっていた。携帯用デオドラントスプレーといったサイズで、ラベルもついてない。

「しかしあれだな。いくらおれでも、オッサン縛っても興奮しねえな」

「アホ云ってないでほどいてやれよ。過剰防衛だろ」

「へいへい。しかしあの臭いは……」

草薙が男に近付き、猿ぐつわを取ってやる。と、男はプハッと息をして、スプレーをいじっていた柾に向かって叫んだ。

「君、ダメだ、それに触っちゃ！」

「え?……あっ！」

叫んだ男の顔を見て、柾は目を丸くした。この気の弱そうなハの字眉は。

「木下《きのした》さん!?」

「や、やあ。この間は、洗剤のお買い上げどうもありがとう」

体中ぐるぐる巻きにされた電気コードを外してもらいながら、木下は気弱そうな笑いを柾に向けた。

「なんだか君には情けないところばっかり見られてるなあ……」


「綾音《あやね》さんの家？　ここが!?」

「はい。今夜のパーティは、彼女の婚約披露なんです」

一時間ぶりに拘束を解かれた木下は、縛られていた手首を痛そうにさすった。

変装のつもりか、前髪をオールバックに撫でつけ、丸眼鏡は四角い黒ぶちに変えている。

さっき広間で柾に手を貸してくれた小柄な男は、木下だった。どうりで見覚えがあったわけだ。

「洗剤のセールスだけじゃ食べられないので、派遣事務所にアルバイトの登録をしてたんです。あの日以来、どうにか綾音さんと連絡を取ろうとしてみたものの、もちろん電話は取り次いでもらえないし、何度訪ねても門前払い。しまいには警察呼ばれちゃいました。だから、この仕事も事前にハネられるのを覚悟してたんですが……意外とチェック甘かったようで」

そういえば、柾も簡単なプロフィールのチェックだけだった。社長の従兄弟の友人とはいえ、履歴書も出していない。

「経費節減で調査費をケチったんだろ。普通は専門のケータリング会社を使うもんだが、派遣コンパニオンで安くあげてるし、警備も手薄だ。邸内の防犯カメラ、生きてるのはせいぜい三分の一だな。ほとんど電源が切られてる」

メシもたいしたものは出てなかったし、と草薙が口を挟む。

「でも、ぼくにとってはラッキーでした。これだけ警備が手薄ならどうにかなりそうです」

「どうにかって？」

「〃卒業〃です」

……卒業？

「ああ、若い人は知りませんよね。古い映画で、ダスティン・ホフマンが他の男と結婚式を挙げようとしている恋人を奪って、ラストは手に手を取って二人で逃げるんです。観たことありませんか、教会の窓をこう両手で叩きながら恋人の名前を叫ぶ名シーン」

「映画は知らないけど、もしかして……」

「はい。連れて逃げます。彼女を」

「マジで!?」

木下は初めて力強く頷《うなず》いた。

「マジです。……もっとも、綾音さんにまだそういう気持ちがあれば……ですけど……」

「なに云ってんだよ。綾音さん、絶対待ってるよ。だいじょうぶだって!」

力一杯、背中を叩く。木下は痛そうに顔を顰《しか》めつつも、照れ笑いを浮かべた。

「ありがとう。ただ、潜り込めたのはいいんですが、綾音さんの居所がわからなくて……。前に二階の南東に寝室があるって聞いてたので、見当をつけて入ってみたんですが」

「ここは南西だぜ」

煙草を横咥《ぐわ》えにした草薙が、床に落ちていたスプレー容器の臭いを嗅《か》ぎながらぼそりと云った。

「……はは。ぼく、方向音痴で……」

「このスプレーは?」

「あ、睡眠ガスです。速効性で、ワンプッシュで約一時間効果が持続します。以前勤めてた研究所で作った試作品で」

「あんたが開発したのか？」

「はい、まあ効果が強すぎて実用化には至らずじまいでしたけど。あ、うっかり吸い込まないように気をつけて下さい。まだ臨床実験がすんでないので、どんな副作用があるかわかりませんから」

草薙が肩を竦《すく》めてスプレーを投げ返す。……確かに正当防衛だったかも。

催眠スプレーの容器をぎゅっと握りしめて、木下は大きな溜息をついた。

「警備は手薄だし、セキュリティもたいして厳しくないようだし、これならなんとかなると思ったんですが……。やっぱりぼくは、運がない男なんだなあ。ここまで来て綾音さんの居場所もわからないなんて……」

「運以前の問題だな」

「こんな広い家なんだからしょうがないって。探し回るより、下で綾音さんが出てくるのを待ってたほうが確実だよ」

「ええ……でもぼく、社長や津田《つだ》くんに面が割れてるので、あんまり人前をうろうろできないんですよ」

「だったらおれが綾音さんを連れてくるから、ここで隠れて待っててよ」

「そんな。君を巻き込めませんよ」

「そうそう、そのなんにでも首突っ込みたがる癖、直したほうが身のためだぜ」

「オッサン、ちょっと黙ってろよ。おれは木下さんと話を……」

「シッ」

草薙が、いきなり二人の頭を掴んで、書棚の陰にグイと押さえつけた。

バン！　とドアが開いた。

にわかに緊張が走る。二階は立ち入り禁止区域だ。アルバイトのウエイター二人と、臑《すね》に傷持つルポライター一人。コソ泥かなにかと間違えられて警察を呼ばれてもおかしくない状況だ。

入ってきたのは、すらりと背の高い、黒いドレスの女性だった。急いでドアを閉じ、鍵をかける。すぐさま、ドンドンドンドン！　と外から激しくドアが叩かれた。

「なにをしてるんだ！　ここを開けなさい！」

「いやです！」

隣で木下がハッと息を飲んだ。

この声……！

「絶対にいや！　婚約パーティになんか出ませんわ！」

「いつまで子供みたいなことを云っとるんだ。早く出てきなさい。みなさん、首を長くしておまえを待ってらっしゃるんだぞ！」

「永遠に待たせていればよろしいわ！　綾音は、あの方とは結婚しません。それくらいなら……いっそ、この窓から飛び降ります」

「バカ者！」

ドン！　とドアが軋《きし》む。

「どうしてわからないんだ。この縁談はおまえの為を思って進めたんだぞ。なぜ云うことが聞けないんだ。わたしがおまえの為にならんことをしたことがあるか？　どうだ」

「ありませんでしたわ……いままでは。きっとこれが最初で最後ですわ」

「綾音！」

「あっちへ行ってください！　お父さまなんて大嫌い！」

悲鳴のようなその言葉に怯《ひる》んだように、ドアの外が一瞬、静かになった。

「……三十分したら迎えをよこす。そこで少し頭を冷しなさい。いいな」

父親は低い声で言い捨て、足音が廊下を遠ざかっていく。

綾音はか細い嗚咽《おえつ》を漏らしながら、頽《くずお》れるように床に座り込んだ。その顔が、ふと持ち上がる。涙に濡《ぬ》れた目が大きく見開かれた。

二人ともなにも云わずにただ見つめあっている。木下の指先は、暗がりでもはっきりわかるほど震えていた。

綾音の顎先から、すーっ、と涙の雫《しずく》が滑り落ちた。それを見た瞬間、木下の震えが止まった。

「綾音さんっ！」

「木下さまっ……」

綾音はその胸に飛び込んでいった。なんの迷いも躊躇《ためら》いもなく、まっすぐに。

「……遅くなってすみませんっ……」

「いいえ、いいえ。信じておりました」

もう離れない。そう言いたげに固く抱き締めあう二人の姿に、柾の胸はじんと熱くなった。

（よかった……。木下さん、運がないなんて嘘じゃん。すごい強運だよ）

感動に浸る柾の横で、

「ノミの夫婦……」

草薙がぽつりと呟《つぶや》いた。

8

「二人でドイツへ行きましょう。以前フランスの研究機関に留学していたときに何度か行って土地勘もありますし、ハンブルクの研究施設に大学の先輩がいて、いつでも遊びに来いって誘ってくれてるんです」

「すてき。ドイツは大好きな国ですわ」

手を取り合い、見つめあう二人。

「あなたを幸せにできるかどうか……本当のことを云うと、あんまり自信がないです。仕事のあてもないし、実は蓄えもあんまり……それでもついてきてくれますか？」

「なにをおっしゃるの。木下さまと一緒にいることが、わたくしの最大の幸福ですのに」

「……最大の勘違いって気もするが……」

積み上げた本の山を椅子にして座り、ライターをカチカチもてあそびながら、草薙がうっそりと呟く。

「小さなアパートでも借りてひとまず体勢を整えてから、研究を続けさせてくれる施設を探そうと思ってます。なんにもあてはないですけど……」

「大丈夫ですわ。きっと見つかります。木下さまはきっと将来はノーベル賞を獲る方ですもの」

「そんな。とんでもないですよ。ぼくなんか」

「いいえ。綾音は信じていますわ。どんなに貧しくたって、そんなのなんでもありません。綾音も働きます。研究のお手伝いはできませんけれど、一生懸命お料理を覚えて、お掃除をして、木下さまを応援いたしますわ」

「ありがとう綾音さん。今夜、アルバイトやスタッフが帰るバスが、十一時にここを出ます。綾音さんはトランクに隠れていて下さい。今夜は空港近くのホテルに泊まって、明日一番の便で発《た》ちましょう」

「そんな悠長なことやってる間に、誘拐で手配されたりしてな」

再びぼそりと呟いた草薙に、木下が顔色を失う。

「ゆっ、誘拐だなんて！　ぼくらはただ……っ」

草薙は長い眉を片方だけ器用に跳ね上げた。

「お嬢さんの身分を考えろよ。日本有数の製薬会社のご令嬢だぜ？　まず疑われるのは営利誘拐だ。となると、公共機関は真っ先に封鎖される」

「……」

「あんたの嫌疑が晴れるころには、お嬢さんは連れ戻され、まあ当然縁談は破談。怒り心頭の父親に幽閉され、一生座敷牢《ろう》……あるいは……」

顎の下でシュボッとライターを灯す。

「……いや。これ以上は恐ろしくておれの口からはとても……」

木下と綾音は青くなって手を握りあっている。まったくもう。柾は肩を怒らせ、ライターを取り上げた。

「さっきから余計な口出しばっかすんなよ。茶々入れるだけなら出てけよな」

「すまんすまん。素晴らしく無計画無謀極まるもんで、つい面白くて」

「木下さんも綾音さんも、こんなオッサンの云うことは気にしなくていいですから」

「オッサンだァ？　クソガキめ。ちっとは年上を敬いやがれ」

「敬える相手なら敬うよ」

ん・べーっ。

「いいえ……その方のおっしゃる通りですわ」

綾音が考え込むように呟いた。

「わたくし、パスポートがありませんわ」

「え!?」

「結納から逃げ出した後、国外に逃亡できないようにと、父に取り上げられてしまったのです。どこかに隠してあるはずなのですけれど……」

「困ったな……隠し場所の見当はつきませんか」

「それが……。あ、そうですわ。津田なら」

津田——あのイヤミな秘書か。

「彼は父の腹心ですもの。父のすることで彼が知らないことはありません」

「つ、津田くんですか……。けどあの津田くんが、そう簡単に口を割ってくれるかどうか……」

津田の名前が出ただけで、木下はすでに逃げ腰だ。

「そんな弱気でどーすんの。どうにかして聞き出そうよ。おれも手伝うから」

「よせよせ。下手な同情休むに似たり。巻き添え食ってまた貴之にお仕置きされてもしらねーぞ」

「うっるさいな。ちょっと黙ってろよ。津田ってやつ、いまどこにいるんだろう」

「もうじきここに来るはずです。父が、三十分したら迎えをよこすと云っていました。きっと津田が来るはずですわ」

「じゃあ早く作戦立てなきゃ」

「作戦といっても……相手はあの津田くんですし、一筋縄では……。……やっぱり、計画が無謀すぎたでしょうか……」

「無謀も無謀、行き当たりばったりもいいとこだ。むしろ行き倒れてバッタリ」

「あーもーっ、さっきから！　だったらなんかいいアイデアあんのかよっ」

「あるわきゃねーだろ」

草薙は前歯でくわえた煙草を上下させた。

「一銭にもならんことに、このおれの灰色の脳みそが使えるか」

「あんたのはピンク色だろ！……ん？」

投げつけてやろうとしたライターの妙な手触りに気づいた。ジッポータイプの一見なんの変哲もないライターだが、よーく見ると、オイルタンク部分に直系二ミリくらいの穴が開いている。これって……。

「こら。返せ」

奪い返しにきた手をサッとよける。

「やっぱ潜入取材だったんだな。これ、超小型カメラだろ。テレビで見たことある」

「……ったく、手癖の悪いボウヤだな」

「返してほしかったら協力しろよ。脳は二十代からどんどん細胞が死滅するって、テレビでやってた。たまには使わないと老化が進むよ」

苦々しげな草薙に向かって、柾は勝利の笑顔でつけ加えた。

「それと。おれをボウヤって呼ぶのもやめてもらうからな。オッサン」

「お迎えに上がりました」

それからきっかり十分後。

書庫のドアをノックしたのは、綾音の予想通り、津田だった。

「開いていますわ。お入りになって」

「……失礼します」

天の岩戸がやすやすと開いたことに戸惑いを感じたのか、一瞬躊躇《ちゅうちょ》しつつも、津田は室内に入ってきた。ブラックタイをすっきりと着こなしている。例の屈強なボディガードは連れていなかった。

(あいつだよ)

カーテンの中で息を潜め、柾は息だけでこそこそと草薙の耳に囁《ささや》く。

(……なかなかの男前だな)

カーテンの隙間《すきま》から覗《のぞ》いて、ふーん、と草薙は顎を撫でている。

(あんまり気が進まねーなぁ……。おれの守備範囲は十五から十九までなんだぜ。二十歳以上は進入禁止だっつーのに……)

(は?)

なんのことだ？　と首を捻る柾の横で、ガチガチに緊張した木下が津田を凝視している。

三人の手には、さっき草薙の指示で急いで綾音が用意してきた物が、それぞれ握られていた。

津田はゆっくりと、窓辺に佇《たたず》む綾音へと歩み寄っていった。

「少しは頭が冷えたようですね。これからはあまりお父様にご心配をおかけにならないことです。あなたももう一人前の女性なんですから」

「ええ……反省していますわ。……あ、待って」

綾音は手順通り津田を呼び止めた。すっと背中を向けると、両手で黒髪を持ち上げる。ドレスの肩がパラリとはだけ、ぬけるように白い背中が露《あら》わになる。津田が慌てて目を逸《そ》らした。

「ネックレスがファスナーにひっかかってしまって……直したのだけれど、今度は上がらなくなってしまったの。上げてくださらない？」

「わたしが……ですか？」

「早くして。これ以上お客さまをお待たせしては、父に叱られます」

「……承知しました」

失礼、と津田はかしこまって綾音のドレスに手をかけた。

次の瞬間だ。綾音が、振り向きざま、ヘアスプレーを津田の顔に吹きつけた。

「うわッ!?」

出し抜けに目つぶしをくらった津田は、顔を覆って逃げた。カーテンから飛び出した草薙が、その手を後ろに捻り上げ、膝《ひざ》の後ろを蹴《け》飛ばして床に跪かせる。綾音が素早くドアに走って鍵を締めた。わずか十五秒足らずの連係プレーだ。

「ゲホッ、ゴホッ……なにをっ……！」

振り向こうとする津田の両目を、草薙と同時に飛び出した木下がスカーフで覆い、柾が両手をストッキングで縛り上げた。

「誰だッ!? なにをする！」

草薙はさらにもう一足のストッキングで津田の両足を縛ると、よッと両腋《りょうわき》に手を入れて、床をズルズルひきずりはじめた。

木下と柾も手を貸した。津田はナマズみたいに体をくねらせて暴れ、何度か柾の胸にも膝蹴りが入った。

「はなせッ！　何者だ！　綾音さま!?　綾音さま、そこにいるんですか!?」

「大声出してもムダだ。こういうときに防音完備は仇《あだ》だよな」

暴れる津田を椅子に座らせ、片足ずつ肘掛けにのせてストッキングでくくってしまう。屈辱的な大股《おおまた》開きで、津田は震えていた。もちろん怒りに、だ。

一仕事終えた草薙は、のんきに煙草をくわえた。ライターがないことに気づいて、津田の上着の内ポケットを探る。

「ダンヒルか。いいライター使ってるな」

煙草に火をつけ、またポケットに戻す。

「どこの組織の者だ。目的は？　金か？」

「組織ねえ……。ＮＨＫの集金人ってことにしとこうか」

「Ｎ……？」

「日本ホモ協会」

……アホか。

「まあ安心しろ、おとなしく質問に答えれば危害は加えない」

「質問？」

「お嬢さんのパスポートの隠し場所が知りたい」

「パスポート……？　そんなもの知るか」

「知らないわけはないだろ。第三製薬《だいさんせいやく》の津田といえば、社長の腹心中の腹心だ。社長のパンツの柄まで知ってるって噂《うわさ》だぜ」

「なにを訊《き》かれようが、知らないものは知らない。たとえ知っていたとしても、貴様に教える気はない」

津田は冷たく突っぱね、もう一言も喋《しゃべ》らないというばかりに固く口を結んだ。

草薙は、やれやれ……と溜息混じり、いかにもめんどくさそうな顔で頭を掻いた。

「本当に知らないんだな？」

「……」

「いまのうちに喋ったほうがお互いのためなんだがなー……」

ぶつくさ云いながら、綾音に、（行け）と顎をしゃくった。

（ご……拷問でもする気でしょうか）

木下が、目と口の動きだけで柾に聞く。二人とも絶対に声を出すなと、草薙からきつく注意されている。

草薙が津田の前に片膝をついてしゃがみ込むのを見て、柾は嫌な予感に顔を顰めた。

（……拷問よか、もっとえげつないことのような気がする……）

（？）

ドレスの裾を翻《ひるが》して綾音がドアに消えたとたん、だ。

草薙は、津田のスラックスの前を開き、中からむんずと摑み出した。

「なっ……なにをするっ！」

「暴れるなって。おれだって乗り気じゃねえんだ。お互い、ちょっとの我慢だよ」

草薙がパニック状態の津田の性器を弄《いじ》くりながら囁く。

（や…やっぱり――――！）

出た！〝股が開けば口も開く！〟

木下は啞然《あぜん》としている。ぱかっと大口、目が点だ。

「よ……よせ！　やめろ！　わたしに触るなっ！」

「お。皮かむり。剝《む》いてやろうか？」

「よッ……よけいなお世話だッ！」

「ま、いいか。かわいいぜ」

「貴様ッ……あ！　ああっ！」

草薙は巧みな指使いで津田のペニスを嬲《なぶ》る。露出させた先端に親指でくるくる円を描き、もう片手でやんわりと袋を揉みしだいて……。

（……う～……）

柾はひくっと頰を痙攣《けいれん》させた。

……思い出してしまった。いままさに津田がされているのと同じことを、おれも草薙に……。

「や……やめろっ……くそッ……やめろッ」

津田は怒りと屈辱とで真っ赤になって、肩を激しくよじった。股間は草薙の手の中で急速に張り詰め、蜜《みつ》を滴《したた》らせている。

びくびくと震える長い脚、激しく上下する胸。草薙が服の上から乳首のあたりをギュッとつねると、椅子の上で縛られたままビクッと体をのけぞらせた。手の中のものもびくんと跳

ねる。

見たくないのに、目が離せない。

おれもあんなふうに悶《もだ》える顔を見せてたんだろうか……喉《のど》をのけぞらせて、半開きの唇で喘《あえ》いで……。

「後ろ使ったことはあるか？」

草薙のバリトンが卑猥《ひわい》な言葉をささやいた。自分に向かって云われたようで、背中がゾクンとしてしまう。

「これを機に覚えろよ。人生二倍楽しくなるぜ。よっ、と」

「なにを!?」

ズボンを太腿《ふともも》まで引きずり下ろされ、もがく津田。大きく広げて肘掛けにくくりつけた両脚を、草薙の手の平が、筋肉質な太腿のラインに沿って、剝き出しの尻へと滑るようにゆっくりと撫でていく。

「さ……さわるな！　そんな……ヒッ!?」

未知の部分に触れられ、津田が悲鳴をあげる。なんとか太腿を閉じようとするが、幾重にも巻かれたストッキングが頑強にそれを阻む。

（み……見ちゃいけませんっ）

ハッと我に返った木下が、急いで柾の肩を反転させた。並んで壁をにらむ二人。……が、耳は自ずと背後へ向いてしまい……。

押し殺した津田の息づかいに、掠《かす》れた悲鳴のような声が混じるようになり……やがて、切れぎれのすすり泣きへと変わっていく。そして突然、

「アア……ッ！」

ドキッとするような、官能的な声が上がった。

「ゆ……許して……だめだ、ああっ……そこは……！」

「ケツもマラもぬるぬるだぜ。堅そうなツラして、けっこう好きだな」

「そ、そんなっ……あ！　あ、は……」

ギシッギシッと椅子が揺れる音。くちゅくちゅと濡れた音。

どんなことをされているのか……草薙の太い指が、蕾《つぼみ》を拡げ、快感のスポットをかき回し、同時に性器も繊細な指使いで嬲って……。

音だけの刺激は、見えない分、想像力をかき立て、まるで自分がそうされているような錯覚に陥ってしまう。考えまいとしても、津田のなまめかしい声とヌチャヌチャいう淫音《いんおん》は否応なく鼓膜を刺激してきて、おかしな気分になってしまいそうだ。

「だ……だめだ……とける……あそこが……とけてしまう……っ」

「ここが好きか？　ここんとこか？」

バリトンのいやらしい声。

「そ、そこ、いいっ。あ…あ……出るっ……出てしまう……！」

「いい声だ。……いくか？　ん？」

「あ、ああっ、出る……出るっ……あぁッ!?」

ひときわ高い声。柾にも覚えがある。いく寸前で止められてしまったときの、せっぱつまった声だ。

「やめないでくれっ……！　頼む、早くっ……」

「焦るなよ。続きはおれの質問に答えてからだ。パスポートはどこにある？」

「……書……斎……」

荒い息づかいの合間に、津田が、くぐもった声で答えた。木下と柾はハッと振り返った。

「＃＊＠§☆※！！！」

そこに見た卑猥な姿に、二人は両手で悲鳴をふさいだ。

スラックスを膝までずり落とされ、椅子の肘掛けに汗にぬめる両腿を大きく拡げてのせられている。股間は腹につきそうにそり返り、尻の奥まで剥き出しになっていた。下半身の露出とは対照的に、シャツと上着はきっちりとつけたままだ。

乱れた黒髪、汗ばんだ頰、物欲しげな半開きの唇。スカーフで目隠しされ、手足の自由を奪われて、男に向かって物欲しげに腰をもじつかせている——これがあのイヤミな敏腕秘書の姿だなんて。

「書斎のどこに隠した？」

「ブ……ブリーフケースの中っ……ああ……早くっ……！」

「書斎の場所は？」

「……二階……北の……端……」

「よしよし。いい子だな」

草薙が立ち上がる気配に、津田が慌てて尻を突き出す。

「死んでしまう、お願いだ、早くっ」

「パスポートが先だ。無事に手に入れたら、いかせてやるよ。それまでおあずけだ」

「そんなっ……」

津田は呪《のろ》うようにギリギリと唇を噛みしめた。

急いで書斎に駆け出そうとした木下を、なぜか草薙が目線で引き止める。シッ、と唇に指を当て、津田を親指で指す。

「ま……待てっ……」

すると、津田が掠れた声を絞り出した。

待ってましたと云わんばかりの余裕の笑みで、草薙が聞き返す。

「なんだ？　パスポートは書斎にあるんだろ？」

「……帯……」

ギリギリと嚙みしめた歯の間から、津田は言葉を絞り出した。

「お嬢さまの……帯の中だ……。結納のとき締めた……金の袋帯……」

なーっにが気が乗らない、だ。あのエロジジイ。楽しそうにネチネチいたぶりやがって。あれは趣味だ。ぜったいそうだ。スケベ！　変態！　最ッ低ー野郎！

「す……すごかったですね。男同士は、ツボを知っているから一度味を知ると癖になるって聞いたことありますけど……でもまさか、あの津田くんがあんな声を出すなんて」

初めて男同士の×××を見た、と木下はしばらく妙な興奮状態に陥っていた。

確かに……すごかったけど。

あの気取ったエリートが、あんな色っぽい声で喘ぐなんて。白い額に細かな汗を浮かべ、うっとりと恍惚《こうこつ》に浸りきって、自分を縛り上げた男のテクニックに我を忘れてぐちゃぐちゃに乱れて……。

「本当に、いいもの見せてもらったっていうか……」

「……」

「あ、いや、変な意味じゃなくて。……なんだか、あれを見たおかげで、あの津田くんもぼくと同じ普通の男なんだと思えてきたんですよ。そうですよね。彼だってエッチもすればトイレだって行くし、朝勃《だ》ちだってするんですよ。人間なんだから。おかげで苦手意識が消えそうです。あの人に感謝しなくちゃ」

あんなもん見て感謝って……。

(こっちは嫌なこと思い出してげっそりだよ)

薬でおかしくなったのを助けるためだったとはいえ、同じように草薙の手で色々されて
――自分もあんなふうに醜態を晒したんだと思うと、そのへんをゴロゴロ転げ回ってギャー
ッて叫びたくなる。100メートルくらい地面を掘って封印したい。

銀のワゴンを押して大きな池の畔を歩きながら、一人ぶつぶつ唱える柾だ。

細い三日月を背にして、白い四阿が水面《みなも》に映って揺れている。明かりは足もとを照らす外灯だけだ。館のパーティの喧噪《けんそう》もここまでは届かず、ひっそりとしている。

「おい、待て。それは?」

四阿の十数メートル手前にさしかかると、二人のボディガードが柾の前に立ちはだかった。顔を見られないように、俯《うつむ》いたままワゴンの白い布を取る。

シャンパンや果物籠《かご》、銀の蓋《ふた》が被《かぶ》せられたオードブル皿を見て、男たちは肩を竦めあった。四阿で睦《むつ》まじげに寄り添う二つのシルエットを、うんざり顔で見遣《みや》る。

「やれやれ。この分じゃ、長丁場になりそうだ」

「若い婚約者を手に入れて浮かれてるんだろ。行っていいぞ。邪魔はするなよ。社長はお楽しみ中だ」

柾は顔を伏せたまま、またワゴンを押しはじめた。

（第一関門突破……）

ホッと溜息が漏れる。ワゴンを押す手の平に汗が滲《にじ》んでいた。

四阿は池のやや高台にぽつんとある。屋根に下がった角灯が、オレンジ色の明かりをぼんやりと周囲に投げていた。

柾の姿を認めると、待ちかねたように綾音が駆け寄ってきた。

頭の寂しい太った中年男が、大理石のベンチに座ってイビキをかいている。綾音の婚約者だ。

「こちらが死角ですわ。お早く！」

小声で柾をせき立てながら、綾音は、素早くドレスを脱ぎはじめた。

「逃げる前に、まずは時間稼ぎだ。お嬢さんがいなくなったのがわかったら、すぐに追っ手がかかる。成田に着いて搭乗手続きをするまで、最低一時間は必要だ」

草薙の立てた脱出プランを、柾は頭の中で反芻《はんすう》した。

「まず、お嬢さん。あんたは広間に行ってパーティに顔を出せ。反省してる様子を見せて周囲を油断させるんだ。庭に四阿があったな。三十分したら、父親の前で婚約者を誘え」

「四阿へ……でございますか？」

「そうだ。忘れずにボディガードも連れていけよ。ただし庭に出たら、二人きりになりたいと云って顔がわからない程度まで遠ざけておけ。二人になったら、婚約者には睡眠スプレーで眠ってもらう」

木下が催眠スプレーの細い容器を綾音に渡す。

「ボウヤは飲み物を運ぶふりをして近付き、お嬢さんと入れ替われ。お嬢さんはウエイターの格好で引き返し、そのままオッサンと合流して成田に向かう。裏の駐車場におれの車が停めてある。この時間なら成田まで三十分かからない。催眠スプレーで眠らせた婚約者がいい気分で目覚めたときには、二人は機上の人ってわけだ」

「でも……わざわざボディガードまで連れ出すのは、危険ではありませんこと？」

不安そうに綾音が口を挟む。

「四阿は素通しですし、いくら夜で遠目とはいっても、見通しがよすぎますわ」

「そこがポイントさ。この計画は目撃者が必要なんだ。目の前で婚約者とイチャついてるんだ、まさか逃げ出したとは思わない。父親も婚約者と一緒だと思い込んで油断する」

「そうか……ぼくらが安全な場所へ逃げるまで、彼に綾音さんの身代わりになってもらうわけですね」

草薙は煙草のフィルターをまずそうに嚙みながら頷く。火はつけてない。ライターはまだ柾のポケットの中だ。

「幸い身長もサイズも近い。夜だし、遠目ならごまかせるさ」

「なるほど……」

感心したように柾のボディラインを眺める綾音と木下……なんだよ、その目は！

「ちょっと待ってよ、そんなの無理に決まってるだろ！　あんなとこで着替えてたらばれるし、だいたいおれと綾音さんを見間違えるわけが」

「四阿の周りに大きな樹木があります。じゅうぶん死角になりますわ」

だからって！

「なんでおれがドレスなんか着なきゃなんないんだよ！　他に方法は⁉」

フィルターを嚙みながら、草薙は眉を弓なりに持ち上げた。

「ない」

二十秒フラットで着替えを終えた。

オーダーメイドのシルクのドレスは、さすがに首と肩が苦しかったが、大暴れしなければ問題ない程度だ。二十四・五センチのハイヒールに足を押し込む。靴ずれしそう。

毛皮のショールを巻きつけて体のラインを隠した。さらに、オードブルの銀蓋を開け、皿にのせてきたロングのカツラを被った。

綾音もウエイターの制服がぴったりだった。ウエストはぶかぶかだったけれど、上着を被せてしまえばなんとかごまかせる。

「準備オーケー！　綾音さんはっ？」

怪しまれないよう、三十秒以上姿を隠すなといわれている。せかすと、

「よろしいですわ！——あ」

綾音は、長い黒髪を耳の下でひとつに纏め、果物ナイフで根元からブツと切った。息を飲む柾を、極上の微笑《ほほえ》みで振り返る。迷いのない、澄んだ瞳で。

「どんな言葉でも、いまの気持ちは言い表せませんわ。お二人には心から感謝しています。どうぞ、お元気で」

「綾音さんも。木下さんと幸せになって下さい」

綾音は頷き、きゅっと唇を引き締めた。ワゴンを押して柾が歩いてきた小径《こみち》を戻っていく。

ボディガードたちの前を無事に通過するのを見届けると、柾は大急ぎで、高イビキの婚約者の隣に戻った。長いドレスと慣れないハイヒールに転びそうになりながら。

空に金色の三日月。風に乗って聞こえてくるバイオリンの調べ。池を渡る夜風。

……恋人と二人ならロマンチックなシチュエーションだろうけど。

食べ終えたバナナの皮をワゴンにポイと放って、硬い大理石のベンチから、柾は溜息混じりに夜空を見上げた。

……退屈だ。

綾音の婚約者は、相変わらずイビキをかいて眠りこけている。睡眠ガスの効果は一時間。効果が切れる前に草薙が迎えにくるはずだけど、その前に風邪ひきそうだ。スカートがこんなに寒いものだとは思わなかった。

(ったく……。いくら木下さんたちの為っていっても、こんなカッコ、人には見せらんないよ)

口を尖らせ、スカートの裾《すそ》をつまむ。

(足はスースーするし、カツラは重いし。ってか、腹へったー……)

昼はコンビニのパン一個だけだ。バナナをつまみ食いしただけじゃ空腹の虫はおさまらず、くーくー催促している。

どれくらいたったんだろう。二人は無事に屋敷を抜け出せただろうか。ここから見る限り、屋敷に取り立てて変わった様子はない。ボディガードも待機したままだし、騒ぎが起きていないところを見ると、首尾よくいったんだと思うけど……こんなときは、携帯電話もポケベルも持っていないことがもどかしい。

「よう。お迎えに参上したぜ、お嬢さん」

よく通るバリトンの声に、柾は、毛皮のショールに埋《うず》めていた顔を上げた。

三日月を背負った草薙が、くわえ煙草、ポケットに両手を突っ込んで立っていた。

少年の肢体を黒いソワレで包み、つややかな黒髪を垂らした柾の艶姿《あですがた》を、上から下まで眺め回し、口笛を吹く。

「こいつぁ驚いた。貴之が見たら惚れ直すぜ」

からかいに、柾はサッと頰を染めてカツラをむしり取った。

「うっせー。綾音さんたちは？　無事に逃げられたのかよ」

ゆっくりと四阿の階段を上がってきながら、草薙は当然だ、という顔で頷く。

「さっき携帯に連絡があった。香港経由ハンブルク行きにギリギリ間に合ったそうだ。いまごろは空の上だな」

「やったね！」

パシン！　とハイタッチする。その弾みに、大イビキで眠りこける婚約者の顔にショールが当たった。うーん……と身じろぎする。

「そろそろ薬が切れるな。目ェ覚ますと厄介だ。行くぜ」

「うん。けど、よくここまで来れたね。どうやって……」

振り向くと、十メートル後方に、ボディガードが二人とも重なるように倒れている。

「よく効くな、これ。ただのぼーっとしたオッサンかと思ったが、たいした才能だ。ノーベル賞もあながち夢じゃなかったりしてな」

ポンと投げてよこしたのは、例のスプレー。

「大丈夫かな、こんなことして」

「あいつらが目を覚ます前にトンズラするさ。そら。立てるか？」

手を取られ、ハイヒールでおっかなびっくり立ち上がる。細い踵《かかと》は体重移動がおぼつかない。自然、草薙の腕にしがみつく格好になって、ふらふらと階段を降りた。

草薙は屋敷と反対方向に柾を導いた。迷路のような小径に入っていく。

「どこ行くの？」

「駐車場にボウヤの服がある。着替えてすぐ仕事に戻れ。おれはテキトーに逃げるから」

「おれも逃げるんじゃないの？　急に戻ったら怪しまれないかな」

「どーせ真っ先に疑われるのはあのオッサンだ。どこ行ってたって聞かれたら、二階で客といちゃいちゃしてたとでも云っとけ。こんなパーティじゃ珍しくもない。知らないのか？　客の接待もウエイターのサービスのうちなんだぜ」

知るか、そんなの。冗談じゃない。時給二千円で貞操が売れるかよ！

「十三万で白雪姫やったほうがなんぼかマシじゃ！」

「なんのこった……足もとに気をつけろよ」

小径の両側は、草薙の上背ほどもある常緑樹の植え込みが壁を作っていた。まるで巨大迷路だ。角々に立っている小さな外灯が、白い敷石を頼りなく照らしている。

「ち、ちょっと待った。ゆっくり歩いてよ。靴が痛くて……」

「どれ、見せてみろ。あー、靴《くつ》ずれだな。ここで待ってろ、着替え持ってきてやる」

その前に一服、と煙草を取り出す。柾がライターを渡すと、火をつけゆっくりと吸い込んで、うまそうに煙を吐いた。満腹のライオンみたいに目を細めている。

「航空券はまだ買ってないです。とりあえず成田に着いてから考えようと……」なんて、呆れるくらいノープランだった木下の代わりにさっさとどこかへ電話をかけて、格安チケットの手配と、到着後の宿の手配まであっという間に片付けてしまった。

口は悪いしスケベだし一見どうしようもない男に見えるけど、実は頼りになるのだ。なんだかんだいっても面倒見もいいし、意外と情に厚いし。

「たまにはいいことすると気持ちいいだろ？」

「イイコトなら年中してるけどな」

「……あんたって頭ん中それっきゃねーの？」

「いやいや。あるぜ。例えば、そのスカートの中、ストッキングも穿《は》いてんのか？……とか」

前言撤回。やっぱただのアホだ。

「あ、そーいや、津田は？」

「猿ぐつわ噛ませて置いてきた。ああいうインテリタイプ鳴かせるってのも、たまには燃えるな。食わず嫌いを反省したぜ」

「……変態」

にらみつけると、草薙は意味深に、片頬だけでニヤッとした。

「妬くなよ。おれだってどうせ鳴かすなら、こんなかわいい仔猫《こねこ》ちゃんをニャンニャン云わせてみたいさ」

柾の頤《おとがい》をつまみ、クイとあおのかせる。

「誰が仔猫だよっ」

「しー。……そんなカッコしたときくらい、おとなしく口を閉じておくもんだ」

云ったなり、草薙のちょっと厚めの唇が、柾の唇を塞《ふさ》いだ。

「んむーっっ」

必死でもがくが、首の後ろをしっかりと押さえつけられてしまうと、逃げることもできない。胸を叩き、足を踏みつけ、顎を支える手をかきむしるのくらいがせいぜいの抵抗だ。

「ん……ん……」

そんな抵抗もものともせず、熱い舌が、絶妙のタイミングで柾の中に滑り込んでくる。キャメルの強い匂い。何度となく顔の角度を変えながら柾の弱い箇所……上顎の窪《くぼ》みや舌の裏側を、まるで前から知ってるかのように、淫靡《いんび》な舌使いで責めてきて……。

「は……」

立ってられない――頭が真っ白になって、砕けそうな細腰を草薙がしっかりと抱え直したのも、ぼんやりとしか知覚できない。

ふと薄目を開け、自分を覗き込む草薙の眼差しに、柾はドキンとした。

その澄んだ黒い瞳には、いつもの揶揄《やゆ》は影もなく……あるのはただ、包み込むような優しさで。

……なんて顔をするんだろう。嫌なのに……抗《あらが》えなくなる。

ちゅっ…と音をたてて離れ、突き出した舌を宙で絡めながら、また唇を重ねていく……貴之にだってたまにしかされたことのない……乱暴で…官能的な…ディープキス。

思わず震える瞼を閉じた、その時。

「お取り込み中、失礼――先を急ぐのですが、通していただけないか」

上質のテノールが、柾の心臓を射抜いた。

草薙がゆっくりと唇を離す。

驚愕に心臓がバクバク躍り、キスの余韻に膝はガクガクと震える。草薙の逞しい腕に支えられたまま、柾は、そおーっと男の顔を窺《うかが》った。

「！！！！！」

叫び声をこらえたのは奇跡に近い。

そこには、闇色のタキシードを日本人ばなれした体軀《たいく》にしっくり着こなした、美丈夫が立っていた。

（た……た、た、た……っ）

（貴之!?）

（うそだろ！　なんで！）

（な、なん、なんでこんなとこに!?）

パニくる柾の体を、草薙が、両腕でしっかりと抱きくるむ。じっとしとけ、というようにタキシードの胸にぎゅうっと柾の顔を押しつけた。

「よう。奇遇だな」

軽い調子で声をかけられた貴之は、不機嫌そうにちらりと旧友を一瞥《いちべつ》した。

「おまえが女性をエスコートすることがあるとは、珍しいこともあったものだ。女性に触れると蕁麻疹《じんましん》が出るんじゃなかったのか？」

「この八年で、おれも好みが変わってな。おまえだって、大学時代は年下のガキに手ェ出す男じゃなかっただろ」

答えず二人の横をすり抜けようとした貴之は、草薙の真横でつと足を止めた。

「最近、あちこちの製薬会社を嗅ぎ回っているようだな。……なにが目的だ」

「ただの取材だよ。三流ライターにも色々あってね」

貴之は、草薙の咥え煙草の紫煙に、不快そうに美しい眉をひそめた。

「……まあいい。くれぐれもその美しいお嬢さんを泣かすような真似は慎むことだ。——二度とわたしの前をうろちょろするな」

「善処するよ」

二人の男は一瞬だけ目線を交わし、通り過ぎた。

植え込みを曲がって貴之の姿が消える。草薙は肩を竦めて、ぷかあ、と煙をふかした。

「美しいお嬢さんねえ……あいつもう老眼入ってんじゃねえのか？」

まあ無理もねえか、この暗がりじゃあ……と、細い三日月を見上げる草薙の腕の中、柾は、ずるずると地面に座り込んだ。

「ん？　どうした」

「こ……腰が抜けた……」

「柾ぼっちゃま！　いったいいま何時だと思っているんです？　お約束は十二時だったはずですよ！」

十二時半。マウンテンバイクで坂を転げるように走ってきた柾を、門の前で家政婦がやきもきしながら待っていた。

「貴之は⁉」

「もう十分ほどで着くと、さっきお車からお電話が。本当にもう生きた心地がしませんでしたよ。寿命が三年縮まったじゃありませんか」

「ごめんっ！」

桜の枝に飛びつく。するすると登って貴之の寝室へ——転がり込んで部屋の電気をつけたところで、車のエンジン音が聞こえてきた。

（ひっえー。間一髪）

息を整え、スニーカーを履いたままだったことに気づいて、慌てて窓からポイポイッと投げ捨てる。

「お帰りなさいませ。お疲れさまでございます」

一階から、三代の声。

「ああ……まだいてくれたのか。柾は？」

「お二階でございますよ。鍵をかけて閉じ込めるなんて、時代錯誤でございますよ。お腹《なか》空かせてらっしゃいますでしょうに。おかわいそうに……」

「すまないがなにか食事を用意してやってくれ。わたしの分も頼む」

「いつでも召しあがれますよ」

貴之の足音がゆっくりと階段を上がってくる。

心臓がドクドクいってる。――落ち着け。だいじょうぶ。バレてない。

鍵が開く。

「……柾？」

トントン、とノックして、貴之が入ってきた。

入口に背を向けてベッドに座った柾を、後ろからそっと抱き締める。

「おとなしくしていたか？」

「……見ればわかるだろ」

わざとつっけんどんに答えた。貴之の苦笑が、振動になって小さく伝わってくる。

「腹が空いただろう？　三代が夜食を用意してくれているよ。一緒に食べよう」

「いーよ。おれ一人で食う。どーせ貴之は一人でいっぱい美味しいもの食ってきたんだろ」

「おまえが腹を空かせて待っているのにか？」

「……なにも食ってないの？」

ちゅっ、と頬にキスが降ってきた。

「ワインを少しだけな。仕事のことで翁を訪ねたんだが、急にパーティの名代《みょうだい》を仰《おお》せつかって千葉まで行っていた」

「ふーん」

ドキンとした。ごまかすように、トニックの匂いの染みた襟首に鼻先をすりつける。

「翁の知人のお嬢さんが婚約されてね。……といっても、あいにく顔は見られなかったんだが」

「そうなんだ……なんで？」

「気分が優れないとかでね、わたしが遅れて着いたときには部屋に引き取ったあとだった。慌ただしくて、妙なパーティだったよ」

「ふーん……」

——「行方不明になったことは当分伏せておくはずだ。これだけの客を集めておいて、主役の一人が男と逃げ出しましたとはまさか云えないからな。体面上、今夜のところは、体調が優れないとか適当な理由をつけてごまかすだろう」——別れ際、草薙が云っていた通りだ。

あの後、柾は植え込みで着替えをすませ、何食わぬ顔でこっそり仕事に戻った。顔見知りがいなかったせいか、幸い誰にも疑われずにすんだ。

最終点検のときにアルバイトの一人が消えていることがわかって少し騒ぎになったが、執事は「こちらで捜させますので」と、追い払うようにスタッフを撤収させた。綾音がいなくなったことと、木下という名前にピンときたのだろう。

(頑張れよ、木下さん。ぜったい綾音さん幸せにしろよな)

難しいことじゃないんだ。幸せなんて。好きな人と一緒にいること。一番好きな人が、一番好きって云ってくれること……ただそれだけでいいのだ。

柾は、恋人の逞しい背中にぎゅっと手を回した。貴之の力強い腕が、包み込むように抱き締め返してくれる。

「疲れたよ。パーティは苦手だ。……早く帰って柾とこうしたかった」

「でも貴之、タキシード似合うよ」

「そうか？」

「うん。惚れ直した」

「ほう？　別れるんじゃなかったか？」

「あれは……ごめん」

「傷ついたぞ」

「……ごめんなさい」

柾から、仲直りのキス……かすかなワインの味の舌を吸う。貴之も優しく応えてくれる。

お仕置きが終わったサインだ。どんな喧嘩もたいていいつも、こんな甘いキスでおしまいになる。

「……もう嘘はつかないね？」

耳にテノールの息が吹き込む。胸の中、身動きも取れないほど抱きすくめられたまま、ぞくっと背中を震わせた。

「うん……」

「別れるなんて二度と云わないな？」

「うん」

「もう心配をかけないか？」

「うん」

「指切りだ。嘘ついたら針千本……」

「……のーます。指切った」

ちょっとだけ胸が疼《うず》いた。

嘘をついて抜け出したこと、罪悪感がないわけじゃない。けど、貴之だっておれをこんなところに閉じ込めたんだからイーブンだ。

それに今夜は心配かけるようなことは……なにもなかったわけじゃないけど、無事だったし。まあ、ちょっとキスされたけど、ちゃんと抵抗したんだから。

「……ん？」

急に積極的に唇を押しつけてきた柾に、どうした？　と貴之が目を覗き込む。

「なんでもない。ちょっと」

消毒。

「下で三代が待ってる。食事にしよう」

「うん」

「そのあと一緒に風呂だ。久しぶりに背中を流してやろうな」

「うん」

「それから、二階から靴を落とすのはやめなさい。車のボンネットに落ちてきたぞ。家の出入りというのは、玄関からするものだ」

「……………」

「嘘ついたら針千本……だったな。急に千本は用意できんから、今日のところは太いのを一本飲んでもらうことにしよう。――まずは腹ごしらえだ。今夜のお仕置きは、長くかかりそうだからな」

学園祭を三日後に控えた昼下がり、校内はいつにない慌ただしさに包まれていた。

昼休みの寸暇を惜しんで、あちこちから大道具を作るトンカチの音や、バンドや合唱の練習なんかが聞こえてくる。インクの匂いの染みたこの小部屋だけが、校内で唯一、喧噪から隔絶された場所だ。

「ほんとにこんな所にいていいのかい？　クラスのみんな、出し物の準備で忙しいんじゃない？」

カーテンを締めきった司書室。パイプ書棚の陰に隠れてサンドイッチを囓《かじ》りながら、柾は、眼鏡美人の図書館司書、芥川《あくたがわ》に頷いてみせた。

「当日の店番長めに引き受けたから準備は免除。準備っつっても出店はレンタルだから、作るのはポスターと看板くらいだけど」

「おや、クラス対抗の劇に出るんじゃなかったの？　確か眠りの森の美女役で」

「……先生のとこまで情報回ってんの？」

「毎年劇を楽しみにしてる先生方も多いんだよ。白雪姫にも出るんだって？」

途端にサンドイッチの味がしなくなった。パサパサのパンを缶コーヒーで流し込む。

バスケ部女子とクラスの女子の睨《にら》み合いは日に日にエスカレートしている。昼休みどころか短い休み時間まで追い駆け回されるはめになっていて、こないだなんかとうとう男子トイレにまで入ってきた。

クラスの男子は、同情するどころか柾がどっちに出演するか賭《か》けているし、最後の頼みだった悠一《ゆういち》までがバスケ部に売ろうとする始末だ。

「よく考えたらおまえがバスケ部の劇に出れば、おれの王子役もなくなるわけだ。親友のために犠牲になれ」

あの裏切者……。こうなったら当日まで逃げ回ってやる。

「はーああ。マジで学祭のない国に行きたい……」

「美形に生まれつくっていうのも、なかなか大変なんだねえ」

自分こそ眼鏡の下に美貌《びぼう》を隠しているくせに、司書はしきりに感心している。そんな芥川もここ東斗《とうと》学園のOBだ。

「ぼくらが三年生のとき、ロミオとジュリエットの英語劇をやったクラスがあったんだけど、あれはいまだに語り草だな。ロミオ役は投票で選ばれたんだけど、そりゃあ人気があって格好よくてね。いまでも思い出すなぁ」

「ふーん」

「ぼくは昔からあんまり集団行動が得意じゃなかったから、正直、学園祭の準備より本を読んでいたかったけど、いま思い返すと、やっぱり参加してよかったと思ってるよ。すごくいい思い出になってる。あんなふうに皆で一つになって力を合わせることって、この歳《とし》になるとなかなかないからね」

アルバイト先の先輩も同じようなことを云っていた。貴之にも、バイトより、貴重な学生時代にしかできないことをもっと経験しておきなさいと云われたことがある。

学校行事は嫌いなわけじゃない。むしろどっちかっていうと好きなほうだ。本当は今年の学園祭もちょっと楽しみにしていた。なのに眠り姫だのシンデレラだの……それも、よりによって貴之が見学に来る年に。貴重な学生時代にそんな経験したら、思い出どころか一生の汚点だ。

「おーい、オカー。いるー?」

脳天気な声がして、ノックもせずに島田がドアから顔を出した。怪我した右足をひょこひょこ引きずりながら入ってくる。

「いたいた、やっぱここか。こないだのバイト代、預かってきたからさ」

「しーっ。声がでかいっ」

大慌てでドアを閉める。

「お、わりぃわりぃ」

「わりぃじゃねーよ。女子に見つかるだろっ」

「くーっ。いーなー、おれも一回でいいから女子に追っ駆け回されてみてえー」

いつでも代わってやるっての。

「ほい、バイト代。受け取りにサインして。あ、それと冬休み暇ならバイトしないかって。この前のパーティみたいの、人手が足りないらしくて」

「うーん……やりたいけど、夜間だろ？　ごめん。やっぱやめとく」

時給はいいし、すごく惜しいけれど、あの夜のことを思い出すと諦《あきら》めざるを得なかった。マジでひどい目に遭った……。

「嘘をついたら針千本だったたな。大きな針を一本と、細いのを千本と……選ばせてやろう。どっちがいい？」

「どっちもやだ。嘘つかないって誓ったのは嘘ついたあとだった。だから無効だ！」

「……まずは、その減らず口をふさがなければならんな」

本当に口を塞がれた。貴之の熱い、すごいので。

すごく苦しくて、もうやだ、許してと、泣いて何度も頼んだのに、貴之は許してくれなくて。

体中嬲られながら無理やりしゃぶらされ……強い男に圧倒的な力で征服されるという被虐的なシチュエーションに、どうしようもなく興奮してしまった。いや……いや……とくり返しながら、勃起した性器を貴之の体にこすりつけると、

「また嘘をついたね。いやと云いながら、なんだ、それは？　本当は嫌じゃないんだろう？」

「だって…だってこんなのやだっ……」

「まだわからないのか」

そう云って、今度は下の口を後ろから何度も突き上げられた。死んじゃうくらいよくて、自分で腰をゆすって貴之を迎えたのに、

「いい？　それじゃやめよう。柾は嘘つきだからな。柾のイイ、はイヤ…の意味だろう？」

……延々、それでいたぶられ続けた。

あのしつこさ、いやらしさ……貴之のセックスは年々変態度を増している気がする。

(中年になるとネチっこくなるってホントだよな)

昔はあんなんじゃなかった。もっと紳士だったし、優しかったのに（それはおまえが昔はもっと素直でかわいかったからだ・貴之談）。

コホン、と芥川がわざとらしい咳払いをした。

「君たち。一応ここは学内なんだから、そういう話はもう少し遠慮がちにね。で、どんなアルバイトだったの？」

「ウエイター。パーティの」

「すんっげえ金持ちだったんだろ？　お城みたいなとこだったたって？　うまいモン出た？」

「つまみ食いなんかしてる暇ねーよ。結構ハードだったし……島田、それ」

「あ？」

「悪い、見せて」

島田が捲っていたスポーツ紙を机に広げる。隅に小さく掲載された写真付きのコラム。

「日本のスーパーお嬢さま」――第三製薬社長令嬢、妙法寺《みょうほうじ》綾音。

（綾音さんだ！）

印刷は悪いが、写真の綾音は華やかな振り袖姿で、いつもの浮世ばなれした微笑を浮かべている。

「超箱入りのお嬢様。来月、資産数億円の製薬会社社長と挙式予定。花嫁衣装はなんと一億円！」

取材されたのは駆け落ちのずっと前だったんだろう。そんなコメントが添えられている。

（あれからもう十日たつんだな。いまごろどうしてるかな……）

新居に落ち着いて、新婚生活満喫してるかな。綾音さん、料理も洗濯もしたことないだろうから、きっと毎日悪戦苦闘だろう。でも二人ならそれも楽しいよな。

（連絡先、聞かなかったな。またいつか会えるかな……）

「お、この子かわいくね？」

物思いに耽《ふけ》る柾の横で、新聞を覗き込んだ島田が、綾音の写真を見て呟いた。

「なんだー、結婚すんのか。誰だよ相手。製薬会社の社長かよ。女はシャチョーが好きだよなー」

「綾音さんはそういう人じゃないよ。この記事は間違い。この人の結婚相手は……」

「なに、オカの知り合い？」

「……」

「ど、どしたん、オカ？」

柾は新聞をひっ摑んで司書室のドアから飛び出した。とたん、

「あーっ！　柾ちゃん発見！」

「そんなとこに隠れてたのね⁉」

本の返却に来ていたバスケ部の魔女が最悪のタイミングで柾を見つけ、カウンターを乗り越えて突進してくる。

一八〇度転換、背中でドアを閉め、間一髪で鍵をかけた。

「島田！　携帯貸して！」

「お、おう」

「柾ちゃーん！」

ドンドンドン！　とドアがぶっ叩かれる。

「開けなさーいっ」

「こらこら。君たち、図書館内は静かにね」

司書が、いまにもドアを破らんばかりの魔女たちを宥《なだ》めに行くのと、携帯電話をひっ摑んだ柾が窓から裏庭に飛び出したのと、ほぼ同時だ。

(嘘だ。こんなバカなことってあるかよ!?)

雑木林をまっすぐ校舎へ向かって駆ける。

(なんで……綾音さん)

誰もいない林の中で立ち止まると、まだ覚えていた携帯電話の番号を押した。呼び出し音にイラつきながら、握り締めてきた新聞記事を開く。

印刷の悪い写真の中で、にこやかな笑顔を作る綾音。

その黒髪は、耳の下でバッサリと短くなっていた。


「驚きましたわ。まさかあなたが、四方堂グループ縁《ゆかり》の方だっただなんて」

妙法寺邸の応接間に現れた綾音は、古風な紅色の着物姿だった。耳のすぐ下で切り揃えた黒髪のせいで、大正時代の美人画みたいだ。

柾が用意してきた花束を渡すと、綾音は使用人に花瓶《はなばさみ》と花鋏を持ってこさせ、テーブルで自ら花を活けはじめた。

「子供の頃には、父に連れられて時々、四方堂のお屋敷にお邪魔しましたのよ。おじいさまのお膝にのって遊んで頂いたこともありますの。近頃、お加減はいかが？　よろしくお伝え下さいましね」

穏やかな……まるで十日前の出来事なんかなかったかのような綾音の微笑みに、柾は面食らって返事もできずにいた。

「妙法寺綾音に会わせろだあ？　いますぐ？　おいおい……無茶云うな」

電話に出たとき、草薙は寝起きのようだった。くわぁ〜……っとライオンみたいにでかいあくびをし、

「んな簡単に会えるわきゃねーだろ。あの騒動からまだいくらもたってねえんだぞ……ツテもねーのに取材なんか申し込んだって門前払いだよ」

じゃーな、と電話を切ろうとする。

「ちょっ、待ってよ！　今朝のスポーツ紙に綾音さんが載ってるんだ」

「スポーツ紙ぃ？」

「写真も載ってる。けどこの写真の綾音さん、髪が短いんだ」

綾音は、あの夜、柾の目の前で髪を切った。ということは、写真は駆け落ちの後、つまりつい最近撮られたものってことになる。

だがそれを聞いても、草薙は驚きもしなかった。

「ああ……彼女はいま日本にいる」

「なんで⁉　ドイツは⁉」

「わめくなよ……二日酔いなんだ。ドイツには行ったよ。で、いまは日本にいる」

「どういうことだよ、木下さんは⁉」

「だからわめくなって……響く。バイトばっかしてないで、たまにはニュースくらいチェックしろ。どういう意味かって？……新聞読めよ」

「どケチ！　役立たず！」

「あんだと？　誰がフニャマラだ。ったく……しゃーねえな。アポ取ってやるから、直接彼女に聞け。いますぐ会うとなると、ちょっと無茶しなきゃならんが……あとで文句をつけるなよ」

電話を切って十分後、草薙は本当にアポを取ってきた。ただし、会えるのは柾一人だけ。四方堂家の人間として。

放課後、校門で待ち合わせた草薙のスカイラインに飛び乗り、妙法寺邸へ。この花束は、四方堂家からの婚約祝いが面会の口実だからと、草薙が用意してくれたものだ。

パチン。高い天井に、綾音の使う花鋏の音が響く。

「ネズミがいましたの」

「えっ？」

出し抜けの綾音の台詞に、柾はきょとんとして聞き返した。

「ネズミ？」

「わたくし大抵の動物は平気なのですけれど、ネズミだけは子供の頃から大嫌いなんですの」

綾音はきつく柳眉を顰めながら、藤色の花の固い枝をパチンと落とした。

「うようよと走り回ってましたのよ。あちらで用意して下さったアパルトマン……床といわず梁《はり》といわず！　信じられまして？　それはもう、うようよとですわよ？　その上……驚かないで下さいましね？」

綾音は声をひそめ、どう返事したものかわからずにいる柾に、とんでもない秘密でも暴露するかのように顔を近づけて云った。

「そのお家《うち》には、食堂も寝室も居間もなかったんですの！　信じられまして？　細長くて窓がひとつしかない、修道院の反省室みたいなお部屋。あんまり狭いものですから、わたくし、ここがお玄関？　って聞いてしまったほどでしたわ。家具といえば、固いベッドとテーブルがひとつあるきり。そこをネズミが！」

ブルッと背筋を震わせる。

「あんな不潔なところで寝起きしたら病気になってしまいますわ。とても三日と耐えられるような環境ではありませんでした」

「……それで、帰ってきたん……ですか？」

「ええ。やはりお育ちの違いというものは、そう簡単に乗り越えられるものではありませんのね。あの方、なかなかいいお部屋だね、ですって。わたくし、それを聞いたとたんに、もう目の前が真っ暗になってしまいました。それで取るものも取りあえず帰って参りましたの」

綾音はすました顔で、花瓶に活けた花の出来映えを眺め、満足そうに微笑んだ。

「でも、おかげで早いうちに過《あやま》ちに気づくことができたんですものね。あれはあれで有意義な数日間だったと、いまは考えておりますのよ」


「なにが、有意義な数日間でしたわー、だ！　ネズミは嫌いなんですの……だ！　ざッけんじゃねーよ！　あんな人だとは思わなかったっ！」

「わかったわかった……わかったから暴れるな。エンジン止まったらどうする。貴之のベンツとは違うんだぞ」

高速道路、ラッシュに揉まれてのろのろ走るスカイラインは、査定五千円にもならないようなおんぼろぶりだ。柾のスニーカーでどかどか蹴りつけられ、ダッシュボードは左に十度、曲がってしまった。

「くっそおぉ。あぁぁムカつくッ！」

「まあ落ち着けよ。ほれ。これでも食え」

助手席で咆哮する柾に、草薙が来しなにドライブスルーで買ったマックを差し出した。

怒りに任せてフィレオフィッシュとチーズバーガーを同時に七秒フラットで平らげ、ラージサイズのコーラも一気飲みした。それでもまだ腹の虫が治まらない。

「あー、クソ。超むかつく！　モーレツ腹立つ！」

「そーだな」

「ムカつかねーの⁉」

「ついてる。頭も割れそう」

「二日酔いだ！」

「耳元で怒鳴るなって……」

吐き気がするのか、草薙は食いかけのハンバーガーを柾によこした。

顎にうっすら無精髭。櫛を通したかも怪しい髪、よれよれのダンガリーシャツに膝の薄くなったジーンズ。とてもあの夜の紳士と同一人物には見えない。

「けっきょく、お嬢さまの気まぐれに振り回されただけかよ。貧しくてもいい、どんな苦労も厭わない、なんて口先ばっか」

あの書庫で、あの四阿で、綾音が見せた笑顔も決意も、少女趣味な夢に酔っていただけだった。柾も草薙もまんまとのせられたわけだ。

「バッカみてー。なんのためにあんなカッコまでしたんだよ。あー、もう、二度と女なんか信じねー」

「そりゃ勝手だが……ボウヤ、女に幻想を抱きすぎじゃないか？」

カーライターで煙草に火をつける。狭い車内にキャメルの匂いが満ちる。

「誰だって苦手なもんが床をうろちょろしてりゃ逃げ出すさ。おれだって、裸の女がごろごろしてる部屋で寝ようとは思わねーぞ」

「次元が違うだろ！　べつに幻想なんか抱いてない。ネズミが嫌いなのはしょうがないよ。綾音さんは超お嬢様だし、箱入りだし、そんなとこで暮らすのはキツイと思う。けどっ……」

どうしても許せないのはあの一言だ。柾は下唇をきつく噛んだ。

「あの人、過ちって云ったんだ。過ちって。木下さんと駆け落ちしたこと、過ちだったたって」

「………」

「気まぐれすぎるよ！」

ガン！　とダッシュボードを蹴る。

「木下さんこそ、早く過ちに気がついてよかったよ。あんな人と結婚したら不幸になるだけだ」

草薙はふーっと煙を吐き出す。

「彼女の話はそれだけだったか？」

「あとは世間話。四方堂のじーさんは元気かとか」

「ふーん……」

草薙は下唇をつまんで、なにか考え込むような表情になった。

柾は窓の外に目をやった。海沿いに続く大きなカーブが、西陽を浴びて茜《あかね》色に反射している。

静かになった車内に、携帯電話の呼び出し音が響いた。

「出てくれ。運転中だ」

後部座席に体を伸ばして、シートに山積みのゴミやジャケットを掻き分けた。携帯電話は一番下に突っ込んであった。

「もしもし、草薙のケータイです。申し訳ありませんが本人はいま運転中で出られません。お名前とご用件をお願いします」

「お。なかなかやるな、勤労少年」

草薙がハンドルを切りながら、電話の対応を褒める。少し得意になった柾の耳に、のんびりとした声が飛び込んできた。

「ああ、そうですか、それはすみません。えーと、ぼくの名前は木下です。要件は……えーと、すみません、折り返し電話もらえますか。これ国際電話なので料金が……」

国際電話？　って、もしかしてこの声——

「木下さんって……もしかして、あの木下さん？」

思わず運転席に向かって訊く。

「そういう君は、ひょっとして岡本くんですか？」

すると電話の向こうの木下が、あいかわらずのんびりと答えた。

「はい、ぼく、木下です。先日はお世話になりました。お元気ですか？」

「そうですか。綾音さんに会ったんですか。……彼女、元気でしたか？」

「元気だったよ。いやってくらい」

草薙の了解を得て、教えてもらった番号に電話をかけ直した。

対話がワンテンポずれるのは、国際電話だからだろう。気のせいかちょっと声が遠いような気もする。

「それよか、木下さんいまどこにいるんですか？　スイス？」

「ドイツのバークーゼンというところにいます。おかげさまで、こちらの製薬会社の研究所に誘ってもらえましてね。研究も続けられることになりました」

「そっか。よかったですね」

　声も思ったより元気そうだ。

「君にはいろいろとお世話になったのに、ろくにお礼も云えずじまいで……。ぼくが研究を続けられることになったのも、君のおかげです」

「え？　おれ？」

「初めて会ったとき、すごく怒ってくれたでしょう？　なんで綾音さんを攫《さら》って逃げなかったんだって。あのとき君にガツンと云われてなかったら、思い切って駆け落ちすることもできなかったし、ドイツにも来ていませんでした。だから、君のおかげですよ。ありがとう。草薙さんと君には、本当に感謝してます」

「いえ……べつに、おれは……」

　そう云われると、なんだか複雑だった。

　研究を続けられるのは本当によかったと思うけれど、逆にいえば、柾のせいで駆け落ちをしたってことだ。

「こっちはとてもいいところですよ。もし近くに来たら寄って下さい。案内しますから」

「あ……はい……」

「……岡本くん。ひょっとして、ネズミの話を聞きましたか？」

「え？　あ……えっと……」

「いいんですよ、気を使わないで下さい。やっぱり綾音さんは、君にもあの話をしたんですね」

柾は溜息をついた。

「……おれ、綾音さんが信じられないよ。木下さんはまだあの人のこと好きなのかもしれないけど」

「はい。生涯最愛の女性です」

ズキンと胸が痛んだ。

木下は知らないのだ。あの人が、過ちだって云ったことを。

きゅっと唇を結んだ。云ってはいけないことを云ってしまいそうで。

「着いて三日目の夜でしたか。急に、ネズミが出るような部屋には住めないって言い出しましてね」

思い出話を語るような声が、遠くドイツの空の下から聞こえてくる。

「着いたその日は、まあ確かに、きれいとはいえない住まいですが、住めば都って二人で笑ってました。一緒に市場に買い出しに行って、朝食を作ってね。彼女は生まれて初めて、ぼくのために目玉焼きを焼いてくれたんです。美味しかったなあ。ちょっと黒コゲでしたけど、ほんとに美味しかった」

「……」

「本当はドイツには長居せずにスイスの田舎町にでも行こうと思ってたんですが、こっちにいる先輩がすぐにいまの職場を紹介してくれましてね。本当に運がいいっていうか、これで生活の目処《めど》もついて一安心だとほっとした矢先でした。外出から帰ると、彼女の様子が変わっていたんです。突然、ネズミが出ました。帰りますって」

木下は静かに息を吸い込んだ。

「ぼろぼろ泣きながらね、云うんですよ。洗濯をするのも、お料理も、みんな嫌になりました。お家に帰りますって。綾音とあなたとではお育ちが違いすぎます、ってね。なにを聞き質《ただ》しても、ネズミがいる部屋には住みたくないって、そればっかりで……ぼくもわけがわからなくてね。だって、彼女がいたスイスの寄宿舎は、築三百年の修道院なんです。食事の時間になるとネズミの親子がちょろちょろ出てきてとってもかわいらしいんですのよ、って前に話してたことがあるんですよ。綾音さんは忘れてしまってたみたいですけど」

「えっ……」

「だけど、帰りたいっていう彼女をそれ以上引き止めることもできなくて、わけもわからずに空港まで送っていきました。……理由がわかったのは、つい数日前です。綾音さんのお父さんの会社――第三製薬が、綾音さんの婚約者が経営する大手製薬会社に吸収合併されることが発表されたんです」

ちらっと草薙を見る。草薙はきつい西陽に眉を顰めて、前方を向いていた。それで「新聞を読め」って云ったのか。

「ぼくの再就職先っていうのは、実は吉田製薬の海外提携会社なんですよ。草薙さんが調べてくれてわかったんですけどね。こっちに着いてすぐ研究所に迎えてもらえたのは、運がよかったわけじゃなかったんです。綾音さんのお父さんが手を回していたんですよ。ぼくが頼っていく先なんか、最初からお見通しだったんでしょうね」

受話器から、静かな深呼吸が聞こえた。

「おそらく、ぼくの留守中に日本から連絡があったんだと思います。綾音さんが一人で日本に帰ってくるなら、今回のことは水に流す。でももし帰ってこなければ……ぼくの研究は握り潰して、研究所からも放り出すと。綾音さんがそばにいる限り、世界中のどの研究機関であろうと圧力をかける。研究を続けられなくする。それでもいいのかと――想像ですけど、たぶん、そんな感じのことを云われたんだと思います。彼女のせいで前の職場をクビにされていたことも知ってしまったんでしょう」

「そんな……なんだよそれっ……」

「第三製薬は、海外投資の失敗で多額の負債を抱えていたんです。その上、急な株価の下落で倒産寸前まで追い込まれていた。でも今回の合併で倒産だけは免れました。……合併は、彼女の結婚が前提だったんですよ」

上流家庭の結婚に家同士の利害が絡まないことはめったにない――貴之の言葉を思い出す。

「でも、だったら、綾音さんはなんであんな言い方」

「彼女にはわかっていたんです」

柾を遮った木下の声は、なにかをこらえるように、一瞬震えた。

「本当のことを話せば、ぼくが研究を諦めて、彼女との生活を選ぶことを。……だから、あんな云い方をしたんです。世間知らずのお嬢さまの気まぐれ、我儘《わがまま》で、ぼくを裏切ったんだと。ぼくが二度と追いかけてこないように。自分の不甲斐《ふがい》なさを責めたりしないように。ぼくに研究を続けさせるために。……彼女は、そういう人なんですよ」

静かな深呼吸の後、穏やかな声で木下は云った。

「だからぼくは、ここで研究を続けます。続けなきゃいけないんです。それが彼女の……最愛の女性の望みですから」

車窓から見える海岸線が、次第に暮れなずみはじめている。

渋滞は相変わらずで、車はのろのろとしか進めない。右車線のトラックの強引な車線変更に、草薙が大きな舌打ちをする。

「……おれにはわかんない」

窓にコツンと額をぶつけて、呟くように柾は云った。

「親の会社が潰れかけてるのは親の責任だろ。なんで子供が犠牲にならなきゃならないんだよ。絶対おかしいよそんなの」

「確かに、それが正論だな」

ずっと黙り込んでハンドルを握っていた草薙が、ちょっと掠れたような声で云った。

「だが彼女自身が犠牲になったと思ってるかどうかはわからないぜ。おかげで数千人の社員と家族が路頭に迷わずにすんだんだ。父親はもう娘に頭が上がらなくなるし、案外、結婚したら旦那を尻に敷いて、将来は大株主として会社を牛耳ったりしてな。それに駆け落ち相手は提携先の研究所にいるんだ。会おうと思えばいくらでも機会は作れる。意外にいい選択だったかもな」

「変なこと云うなよ。綾音さんはそんな人じゃない」

……おれもちょっと誤解したけど。

「人間ってのは思ってるよりしたたかにできてるもんだ。ボウヤは女に夢を見すぎだよ。ははあ、さてはマザコンだろ」

「るっさいなー。前見ろよ、前」

図星だろ、なんて笑っている。

「草薙さんは知ってたんだ？　綾音さんが帰国したほんとの理由」

「彼女が日本に帰ったたって聞いて、どうも妙だと思ってな。たった数日でホームシックに罹《かか》るような女には見えなかったし、ちょっと探りを入れてみたら、木下の再就職にカラクリがあった。実際に手を回したのは秘書の津田だ。どんな手を使っても合併を成功させたかったようだな」

「ふーん……」

「どっちにしろ、彼女は後悔してめそめそ泣き暮らすような女じゃないだろ。どんな選択だろうと自分で道を選べる人間は、後ろなんか振り返らずに前だけ向いて歩いていくもんだ。箱入りのお嬢様のくせに、親に楯突いて駆け落ちするような度胸もあるしな。女にしとくには惜しいかもな」

「……うちの親も、駆け落ちだったんだって」

草薙がちらりとこっちを見た。柾はダッシュボードに付いた古い大きな傷痕を親指で撫でた。

「っていっても、父さんすぐ事故で死んじゃったから、一緒に暮らしてたのは短い間だったみたいだけど。婚姻届も出してなかったから正式な夫婦でもなかったし。でももし駆け落ちしてなかったら、おれは生まれてなかったかもしれないんだ」

「ふーん……それで、あの二人にやけに肩入れしてたわけか」

「駆け落ちしたいと思ったことある？」

「あー？　ないない。そんな相手も、他人の人生背負えるほどの甲斐性も」

「人生を背負う？」

「そういうことだろ。自分のために、相手になにもかも捨てさせるってのは。ま、おれには捨てるほどのものはないけどな」

草薙は飲み干した缶コーヒーに、煙草の吸い殻を落とした。見ると、灰皿はいっぱいで、しかも壊れていて半分しか開かない。ダッシュボードなんか呆れたことにガムテープで留めてある。一度開けると閉まらないんだという。

「いーかげん新車買いなよ。印税がっぽり入ったんだろ？」

「このボロ具合がいいんだ」

新しい煙草を咥え、キャメルの空き箱を握り潰して、後ろのシートにぽーんと放る。ここはゴミ箱かっての。部屋の中はわりときれいに片付けてるくせに。取材の資料とかも細々とファイルしてあったし。

「……あ。そういえば、なんで木下さんと連絡取り合ってるんだよ」

草薙はニヤッと横目で柾を見た。

「云ったろ、一銭にもならんことはやらん主義だって」

「あーっ！　まさか、木下さんになんか調べさせてんの⁉　製薬会社コソコソ嗅ぎ回ってるって……そーいや、綾音さんのパーティはなんの取材だったんだよ？　ねー、あのカメラでなんの写真撮ったんだよ。ねーってて！」

「企業秘密。おとなしく座ってろ」

「けーち」

長い長い渋滞の列が、糸がほぐれるようにようやく流れ出した。左手に見えていた海岸線は、やがてビルの群れへと変わりはじめる。黄昏に染まりゆく景色の上に、柾は、綾音の頬笑みを重ねていた。

過ちでした……と、さばさばと語った綾音。あの言葉と笑顔の裏側に、どれくらいの想いが隠されていたんだろう。

好きで好きで、その人のためならなにもかも捨てられるほど愛している人を、自分から諦めなければならない。それはどれほどの辛さだろう。考えただけで、心臓がぎゅっと摑まれたみたいに痛くなる。

それでもあんなに鮮やかに頬笑んでいられるのは、自分の選んだ道に迷いがないからだろうか。振り向かないと決めたからなんだろうか。

綾音さんをどうして追いかけないんだって、本当は云いたかった。だけど今度は云えなかった。綾音が身を引いた気持ちも、それを知っても敢えて追いかけない木下の気持ちも、少しだけわかる気がしたから。

なんでうまくいかないんだろう。二人ともあんなに深くお互いを思っているのに。誰よりも思えば思うほど離れなきゃならないなんて。

いざとなればおまえを攫って逃げる。——貴之はそう云ってくれた。

云われたときは、ただ嬉しかった。貴之ほどの男にそこまで想ってもらえることが誇らしくて、嬉しくて、それ以上のことは考えなかったけれど。

けれど、もし本当にそんな日が来たとしたら。もし、別れたほうが貴之のためだって誰かに云われてしまったら。

そんなことが起きるなんて想像したくない。……だけど、もしそんな選択をしなくてはいけない日がいつか巡ってきたとしたら。二人だけで誰も知らない遠い街に行って、ひっそりと暮らして、本当にそれでいいんだろうか。

(でも……)

膝の上でぎゅっと拳を握りしめた。

(それでも、やっぱりおれは、諦めない)

なにがあっても貴之の手を離したりしない。

「……もっとも」

柾の物想いに、草薙の掠れた呟きが滑り込む。

「そんな相手に巡り会ってみたいと思わんでもないけどな。……たった数日の逃避行だったが、あの二人は、一生の間になにもかも捨ててもいいと思える人間に巡り会えたわけだ。……少しうらやましい気もするな」

茜色の夕陽に照らされた顔……やけに柔らかな眼差しだった。


緩やかな坂沿いに白い庵治石《あんじゅ》を積んだ塀の前で、柾は車を降りた。草薙はさすがに少し疲れた顔をしている。やっぱりまだ二日酔いが治ってないんだろう。

「今日はサンキュ。調子よくないのにつき合わせてごめん」

「お、珍しく素直だな。礼なら、ほら、こっちでいいぜ」

こっちこっち、と窓から頰を突き出して催促する。呆《あき》れ顔でスルーし、家に入ろうとした柾は、大きな門の前に佇む人影に、息を飲んで立ちすくんだ。

「……どういうことだ。草薙とはもう二度と会わないと約束させたはずだぞ」

た……貴之！

「なんで家にいんの、こんな時間に……!?」

「自分の家に何時に帰ってこようがわたしの勝手だ」

そりゃそうだけど、今日は神戸に視察に行くから遅くなるって云ってたのに。

貴之は冷たい眼差しで草薙を睨みつけたまま、ゆっくりと車に近付いてきた。肩のあたりから怒気が立ち上っているのが見えるみたいだ。

「視察が延期になって早めに帰宅したんだ。鮨でも食べに連れていこうと思って待っていれば——。こっちへ来なさい。そんな男に近付くんじゃない」

「おれは病原体かよ」

うっそり頭を掻《か》きながら呟く草薙に、貴之は両腕を組んでフンと鼻を鳴らす。

「以下だな」

「おっ。云ってくれるね。いたいけな甥っ子に手ぇ出した誰かさんよりゃずーっとマシだぜ。おれの体は十五禁だからな」

「十五歳以上なら見境がないだけだろう」

「アホぬかせ、おれは宇宙一の面食いだぞ」

……やっぱこの二人って仲良いのかも。

旧交を温めている二人を置いて一人で門をくぐろうとした、そのときだ。

「まっさきちゃーん！」

閑静な住宅街の坂道を、十人……いや、二十人あまりもの制服姿の女生徒が、大挙して押し寄せてくるのが見えたのだ。

「ゲエッ!?」

「……お友達か？」

貴之と草薙が目を丸くしている。

「やっほー。ガッコじゃつかまんないから押しかけてきちゃった～」

「きゃあぁ、あれって叔父さま？　かっこいいー」

「岡本センパーイ、あたしたち一年の有志です。先輩のために千人署名しましたあ！」

「……うそ……」

たらーり……こめかみに冷や汗が流れる。

門の中に後退《あとずさ》ろうとした柾の周囲を、女子軍団がサッと取り囲む。

「今日こそどっちにするか決めてもらうわよ。白雪姫か、眠り姫か！」

「白雪姫？　なんだそりゃ」

車窓からうっそりと尋ねた草薙に、三年女子がよけいなことを！

「岡本くん、学祭の劇で白雪姫をやるか眠り姫をやるか、はっきりしてくれないんです」

「そんな話があったとは知らなかったな」

貴之が、顎を撫でながら、興味津々の面持《おもも》ちで呟く。

「ちょっ……やらないよ、おれは！　こいつらが勝手に云ってるだけ！」

「そんなぁ！　岡本くんのドレス姿が見たいって、他校の子も、ほら、こんなに署名してくれたんだよっ！」

「やだっつったらやだっっ！」

「へぇ……。ボウヤの女装なんか見たいのか。なら、これやるよ」

と、草薙は手近な女子になにやら白い封筒を渡すと、おんぼろスカイラインを発車させた。

封筒を開けた女子が、キャーッと近隣に響き渡るような嬌声《きょうせい》をあげる。

「うっそー！　なにこれー」

「えーっ！　これ柾ちゃん？」

「なになに？　きゃーっ！　かわいーっ」

いったいなに渡したんだ？　と横から覗き込めば——

「げっ!!」

写真だった。あの夜のドレス姿。それも、カツラを被っていない顔の、正面からのバストショットだ。

（こっ、こんなもんいつの間にッ……！）

くっそぉ……ライター返してやるんじゃなかった！

「ちょっ……返せよっ！」

やばい！　あれを貴之に見られたら……！

「回して回してっ！」

「こっちこっち！」

「やめろよ、返せって！」

「なんだ？」

貴之の長身が、上からひょいと覗き込もうとする。

「わあああーっ！　なんでもないっ！　なんでもないって！　貴之は中入っててよ！　おれこの人たちと話があるからっ」

「皆さんに上がっていただいてはどうだ？　こんなところでは……」

「いーの！　すぐすむからっ！」

怪訝そうな貴之の背中をぐいぐい押して、無理やり門に押し込む。ぜえぜえ息を切らす柾を、ニヤニヤ笑いを浮かべた魔女が、いっせいにぐるっと取り囲んだ。

「ふううーん、この写真、叔父さまに見られたくないんだぁ？」

「返せよッ！」

「あ・まーい」

女子とはいえ、名門バスケ部元スタメン陣。必死に奪い返そうとする柾を嘲笑《あざわら》うように、輪になった魔女の手を写真はあちこちパスされる。

　すると、クラスメイトの女子が「あのー」と挙手した。

「ちょっと提案なんですけど。岡本くん、どっちか決めかねてるみたいだし、この際だから白雪姫も眠り姫も両方出てもらいませんかー？」

　わっと歓声が上がる。

「賛成！　そうだよね。両方出ればいいのよ！」

「いやだッ！　誰がそんなこと！」

「あれ？　写真返してほしくないの？」

「うっ……」

「プライベートでこーんなドレス着てるんだもん。お姫さま役なんてチョロイよねえ～？」

「べつに好きで着たわけじゃっ……」

「好きじゃなくても着たんなら、劇のドレスくらい着れるでしょ？　いまから学校戻って衣装合わせね。台詞は明日までに覚えてきてよ」

「あ、それと出演料の十三万はナシってことで」

「えええっ⁉」

「なんか文句ある？　この写真、叔父さまに見せてもいいのよ。なんなら新聞部に売るって手もあるなあ。バスケ部のアイドル岡本柾の隠されたプライベート……なーんちゃって」

　赤くなり青くなり、握り拳を固めてぶるぶる震える柾に、にっこり、悪魔の笑顔がトドメを刺した。

「本番まであとたったの三日よ。一緒に頑張ろーね。お・ひ・め・さ・ま」


十一月、第二日曜日。快晴。第七十五回〝東華祭〟。

岡本柾主演〝女装劇・白雪姫〟──クラブ対抗演劇主演女優賞受賞。同主演〝女装劇・眠りの森の美女〟──クラス対抗演劇大賞。一般人気投票第一位。生写真売り上げ総合第二位。柾がこの日手に入れたのは、名誉ある二つの賞と、生写真の売り上げ五万六千円……王子さまとのキス二回。

さらにはなにを勘違いしたのか、生徒会主催のイベントで他校の男子五人に告白されるという、不名誉極まりない記録であった。

「………くっそぉぉぉぉ草薙傭ぉぉぉぉ〜〜〜〜〜〜っっっ!」

上演後、廊下の水道で、二十分も歯磨きとうがいをしつつ、呪いの言葉を吐き散らす、それは美しいお姫さまがいたという。

「今度会ったら覚えてろよぉぉぉぉ〜〜〜〜〜〜〜〜〜〜〜〜ッ!」

第三の男

「貴之《たかゆき》に……………バレた」

東斗《とうと》学園高等部本校舎四階、生徒会執務室の昼下がり。

南向きの窓から、十一月下旬のぽかぽかした陽射しが差し込んでいる。

昼食のハムサンドをもそもそ齧《かじ》りながら陰湿に呟《つぶや》いた柾《まさき》に、窓辺の机でデスクトップパソコンのキーを叩《たた》きながら、佐倉悠一《さくらゆういち》はそっけなく「へえ」と返した。

「へえ、って。変だと思わないのかよ。女《じょ》バスの連中にもクラスのやつらにも、アレのことは固～っく口止めしてたんだぞ？　なのにバレたんだぞ。変だと思うだろ？」

親友の気のない返事にムッとしたように云い募る柾だが、ディスプレイを見つめたままの悠一はますますそっけない。

「思わないね」

リムレスの眼鏡を高い鼻の上に押し上げる。最近視力が落ちて、読書と授業中だけかけるようになったのだ。

「あの日は全校生徒九百人、他校生保護者合わせて約五百、合計千四百人の大入り満員だったんだぜ。どんなに口止めしたところで、どこからか漏れるさ。例えばうちの担任に電話を掛けて、〝学園祭の劇で甥《おい》が主演したと聞いたが出来はどうでしたか〟とでも訊《き》けば、〝そりゃもう岡本《おかもと》くんはよくやりましたよ、バスケ部代表としても立派に務めを果たし、賞を三つも獲《と》りました〟って答えるに決まってる。だからすぐにバレるような嘘はつくなって云ったんだ」

親指についたバターを舐《な》め取りながら、柾は友人を横目でじろりと見やった。

「担任が、おれの写真百枚も買い込んで貴之に渡すってのかよ」

「……百枚？」

滑るようにキーボードの上を走っていた指が、ぴたりと止まった。それに力を得たように、柾はぐっと身を乗り出し、悠一のネクタイをつかんでガクガク揺すぶる。

「なっ？　変だと思うだろ？　百枚。百枚だぞ！　〝白雪姫〟と〝眠りの森の美女〟の生写真百枚！　いったい貴之、そんなもんどっから手に入れたんだよ⁉」


そもそも事の起因は、草薙《くさなぎ》のアホんだらが撮った一枚の写真に因《よ》る。

綾音《あやね》と木下《きのした》の道行きを助けるため、不本意ながらドレスを着たときに密《ひそ》かに撮られていた、例の写真のことだ。それを、あの恐ろしい魔女たちに奪われた柾は、写真を取り戻すことと引換えに、先日の東斗学園高等部学園祭――〝東華祭《とうかさい》〟に於《お》いて、二つの劇に無償で主演させられた。〝白雪姫〟と〝眠りの森の美女〟。無論、主演というからにはお姫さま役。柾はドレスを着た、否、着せられたのである。

――が。

「わたしは反対だ」

本番三日前、柾を主演に立てんと徒党を組んで女子たちが家に押し掛けてきたとき、面白がって、むしろ魔女たちに賛同しているようにさえ見えた貴之が、彼女たちが引き揚げていったあと、突如《とつじょ》態度を変えたのだ。

「仮にもこの四方堂《しほうどう》家の総領ともあろう者が、女装して舞台に立つなど、言語道断も甚《はなは》だしい。そんな体裁の悪いことを許すわけにはいかん」

だからおれは四方堂なんか知らんっちゅーのになんでわっかんないかなこの石頭。――喉《のど》まで出かかった言葉をぐっと飲み込み、リビングのソファ、厳しい顔で新聞を広げる貴之の背中から腕を回してごろにゃんとおねだり。

「大げさだよ、貴之は。女装っていってもさ、学園祭の演《だ》しものだもん、ちょっとしたジョークだよ。それに貴之だって、無下に断ったら悪いって云ってたじゃん」

「あの場で保護者の私が、確たる理由もなく反対などできるはずがないだろう」

「……二枚舌」

ぼつっと呟いた柾を、肩越しにジロリと睨《にら》み、

「ともかく、主演は断りなさい。――それとも、なにかどうしても断れない理由でもあるのか？」

ドキ。

「べ、べつにそういうわけじゃ……」

「ならばこの話はこれで終わりだ。当日は私も参観に行く。ごまかそうと思ってもムダだぞ」

ところがその翌日貴之は急な出張でロンドンに旅立ち、その間に学園祭は終了、柾は無事に写真を取り返し、ホッと一安心。昨日は笑顔で帰国した貴之を出迎えたのだった。

「ロンドンはどうだった？」

書斎の肘《ひじ》掛《か》け椅子、膝《ひざ》の上に乗って甘えかかる柾に、貴之は、かわいくて仕方ないといったふうに目を細めて、五日ぶりのキスを何度もくり返した。

「あちらはもう冬だな。白いものがチラチラしてたよ。留守中、なにか変わったことは？学園祭はどうだったんだ？　例の劇は代役が見つかったのか？」

「うん。クラスの奴がね。でもけっこう盛り上がったよ」

「そうか」

すると貴之は上着の懐《ふところ》から、分厚い封筒を取り出して、書斎机の上に中身をぶちまけた。

「なるほど、大いに盛り上がったようだな」

反射的に膝から飛び降りた柾の手首を、恐ろしいばかりの力で素早くねじり上げ、机の上に細い体をうつ伏せに組み伏せる。ばらまいた写真の一枚を柾の目の前に突きつけた。

お姫様役に扮した柾がベッドに横たわり、王子様からキスされようとしている写真だ。

「2―Cは〝眠りの森の美女〟でクラス対抗演劇大賞。バスケット部の〝白雪姫〟はクラブ対抗演劇主演女優賞受賞……一般人気投票でも第一位。輝かしい成績だ。ところで、わたしには、このカツラをつけて化粧をしている主演の男の子が、どうしてもおまえの顔に見えるのだが――」

「しょ……しょうがなかったんだよ！　もう本番ギリギリだったたし、衣装おれのサイズに作っちゃったし、他に代役も見つからなくって……！」

「弁解は聞かん」

貴之は柾の耳もとで、ごく抑えた、体の芯がゾクッと慄《ふる》えるような声音《こわね》で囁《ささや》いた。

「おまえはわたしの言いつけを破り、嘘までついた。もう二度と嘘はつかないと誓ったのにもかかわらず、だ。この償いはどうするか、ちゃんと教えておいたはずだな。――よろしい。ではベッドへ行きなさい」

……とまあ、詳細は読者の想像力に委《ゆだ》ねるが、昨夜は深夜までお仕置きが続き、柾はまたしても「もう嘘はつきませんごめんなさい」を体で誓わされたのである。

貴之は今朝になってもまだ機嫌が悪くて、一晩中責められてベッドでうだうだしている柾を食卓に引きずり出し、おはようも云わずにさっさと会社へ行ってしまった。

柾だって、なにも好き好んであんな格好をしたわけじゃない。窮屈なハイヒールを履かされ、化粧まで施され、なんでこのおれがレースだのリボンだのひらひらしたもの着て全校生徒の前でバカ面下《づら》げて男とキスなんかしなきゃならないんだ⁉　と、男子トイレの鏡の前で屈辱に打ち震えていたのである（しかもそのとき入ってきた男子は柾を見てことごとく、間違えました！　と踵《きびす》を返しやがったのだ）。

だがそんな本人の嘆きとは裏腹に、会場は大いに盛り上がり、二つの劇とも大きな賞を獲得した。特に、主演女優賞に輝いた白雪姫のドレス姿は愛らしいと大評判で、柾は上演後そのままの格好で生徒会主催のイベントに引っぱり出され、参加していた他校の男子五人から「お友達からお願いします！」されるという、まさに悪夢の一日となったのである。

「そうか？　おまえ最後には、白雪姫のままノリにノってフォークダンスに参加してたじゃないか」

「あれはヤケクソだ。開き直らなきゃやってられるか」

むっつり応える柾だが、どちらかといえば、その翌日からの日々のほうが悪夢と云えた。ファンクラブを名乗る近隣の女子高生が毎朝ゲタ箱に妙なプレゼントを突っ込んでいくわ、当日の生写真には二千円のプレミアがつくわ、ストーカーまがいの男にあとを尾《つ》けられるわ……。

「だからって、貰《もら》った物なんでもかんでも学校の焼却炉で焼くのはよせ。こないだレースの下着の焼け残りが出てきて、職員室で問題になったんだ」

「だったら生徒会が責任持ってやめさせろよ！　毎日こっそり女物の下着とかハイヒールと

か捨てに行くおれの身にもなれっ」

「品のないジョークだと思ってやり過ごすんだな。ムキになるとよけいに面白がられるだけだぜ」

「うるせー。自分だけ土壇場でトンズラしやがったくせして。生徒会役員は原則として賞レースに参加できない、なんて決まり、聞いたこともなかったっつーの」

「直前に作った。超法規的措置ってやつだ」

しれっと悠一は云う。

「千四百人もの観客の前でバカ面下げて男とキスなんかできるか。クソみっともない」

「職権濫用《らんよう》！　おれはそのクソみっともないことを二回もさせられたんだぞ、二回もっ！」

「いいじゃないか、似合ってたぜ、白雪姫も眠り姫も」

「くっそ〜くっそ〜くっそ〜〜〜っ」

「悔しかったら、権力握ってみるんだな」

フフン、と貴族的な顔立ちに嘲笑《ちょうしょう》を浮かべる親友に、柾は抱えたクッションの端っこをギリギリと噛《か》みしめる。

岡本柾は美少年だ。ほっそりと締まった頬、その華奢《きゃしゃ》な印象を裏切る、意志の強い目もと口もと。女どもが囃《はや》し立てるのもわからないでもない。――ただし、黙っていれば、だが。

（美少年てのにはもう少し楚々《そそ》とした部分を求めるね、おれは。……もっとも、写真に性格

は出ないからな)

悠一は眼鏡を外し、片手で目頭を揉《も》んだ。

確かに柾が扮《ふん》した白雪姫と眠り姫の生写真は飛ぶように売れた。売り上げの十パーセントが生徒会執行部に上納される仕組みなので、悠一もおおよその数は把握している。

しかし一人の人間が百枚も購入したという話は聞かない。百枚といえば二つの劇と生徒会のイベントで撮影した全種類を合わせた数だ。それに、証拠を押さえるだけなら、二、三枚で足りたはずだ。

「やっぱ女バスかなあ。賞金かなり出たし、部員百人近くはいるから、一人が一枚ずつ買えば百枚」

「決めつけるのはまだ早いぜ。写真なんかその気になればどうやってでも入手できる。それに、貴之さんが持ってるのが、校内で販売された物かどうかだ。当日、生徒会が公式に撮影を許可してたのは写真部だけだが、モグリで撮ろうと思えばいくらでもできる状況だったからな……」

「失礼します」

ドアがノックされ、生徒会の一年生、加藤伸弥《かとうしんや》が入ってきた。室内の二人を見ると、陽に焼けた精悍《せいかん》な顔をニコッと人なつっこく綻《ほころ》ばせて会釈する。

「ご歓談中すみません。いま宜《よろ》しいですか?」

「なにか用か？」

「はい、来週の総会の席次ができたんで、チェックして頂きたくて……あ、でも取り込み中でしたらあとにしますが」

「いや、かまわない。見るよ」

「すみません。あ、コーヒー淹《い》れますね」

加藤は大きな体を丸めて、いそいそと給湯室に入っていった。生徒会執務室には、コーヒーメーカーをはじめ、ガスレンジ、冷蔵庫や電子レンジまで揃《そろ》っている。

「一般入場者の写真撮影は禁止してたといっても、千四百人もの観客だ。完全にチェックできてたわけじゃない」

加藤から手渡されたファイルをめくりながら、悠一は話を続ける。

「貴之さんのスパイがこっそり紛れ込んでたってわからなかっただろう。それに、生徒会を通さずに闇で出回ってる写真なんかもあるし」

「マジ？　でもそれって違反だろ」

「ああ。二日前にも、それの件で風俗研究会の部室をガサ入れしたばかりだ」

伝統的に生徒会執行部が教員並みの権力を握る東斗学園では、一般生徒が校内で物品を配布、販売する場合、すべて生徒会に申請し、許可を受けるよう校則に定められている。違反者は厳しく取り締まられ、処罰される決まりだ。そのため生徒会執行部には、大蔵省と金融業界の癒着さながらの接待や袖《そで》の下が横行し、その腐敗ぶりがかねてから問題視されてきた。

それをバッサリと断ち切ったのが、昨年から今年九月までの二期続いた、高杉《たかすぎ》体制である。教師も一目置くカリスマ的存在、高杉会長を頭に戴《いただ》き、それまでの腐敗政治に徹底的にメスを入れて改革に努めた。また、ボランティアや学校行事にも力を入れて、去年のバザーでは東斗一五〇年の歴史はじまって以来の金額を集めたという。

その高杉に見込まれ、九月に発足したばかりの新生徒会の参謀として任を受けたのが、副会長佐倉悠一なのである。新会長の宮嶋《みやじま》は、人望は篤《あつ》いが取り柄といえば体と声がでかいだけのお祭り男で、いまや東斗生徒会はこの悠一が動かしているといっても過言ではないのだった。

「それで？　ガサ入れでなんか出た？」

「ああ。当日の生写真、ビデオがわんさとな。もちろん白雪姫と眠りの森の美女もあったぜ」

「なにっ⁉」

「安心しろ、押収物は焼却処分。紙類は裏庭の焼却炉で燃やして、ビデオやなんかは廃棄業者が引き取りに来るまで倉庫で厳重に保管してる」

「倉庫から誰かに持ち出されたんじゃないか？」

「鍵がかかってるし、倉庫へは一般生徒の立ち入りは禁止。生徒会メンバーも制限され、鍵を開けるには会長かおれの許可が必要だ。ちなみに鍵はおれが保管してる」

立て板に水で応える悠一に、柾はビシッと人差し指を突きつけた。

「わかった。犯人はおまえだ！」

「……アホか」

「だって倉庫に自由に出入りできるのは悠一だけなんだろ？　だとしたら他に考えられねーじゃん。吐けっ！　幾らで売ったんだよ！　吐け〜っ！」

「加藤、こんなアホにコーヒー出さなくていいぞ。とっとお帰り願え」

「佐倉先輩は、宮嶋会長がビデオを生徒会監修にして購買で売ろう、って提案されたのを、出演者の肖像権に関わるからって、反対されたんですよ」

加藤がまめまめしく、二人に熱いコーヒーを差し出す。ドリップで淹れた本格的なもので、カップはミントン、フレッシュミルクとコーヒーシュガーも添えられている。

「いつもの先輩なら、会長が提案する前に原価からマージンまで計算されているのに、妙だな、と思ったんです。あれは岡本先輩のためだったんですね」

「べつに。どうせ出演料だなんだかんだとふんだくられて、利益なんか出ないって云っただけだ」

照れ屋の悠一がわざと憮然《ぶぜん》と云うのを、加藤はにこにこして聞いている。

加藤伸弥は、一年生にして背丈は悠一をはるかに上回り、スッと伸びた背筋が印象的な、

きりりとした少年だ。初等部時代から剣道部に籍を置き、先日の全国大会でも優秀な成績を残している。三年生とも互角に渡り合う迫力と物怖《ものお》じのなさから、次期幹部候補と目されており、悠一も特に目をかけていた。

「あの劇、すごく評判がよくて、来年の予餞会《よせんかい》に再演のリクエストも多いんですよ。おれもふたつとも審査員席から観せて頂きましたけど、すごく楽しめました。実は一票入れたんですよ」

「ああ。確かによく化けてたよな、白雪姫」

「うっせー。二度とその話はすんな」

ムスッと両腕を組んでソファの背にふんぞり返る柾に、加藤は恐縮したように逞《たくま》しい肩をすぼめた。

「すみません……」

「気にするな。こいつ、S女のファンクラブから毎朝妙なプレゼントばっかりされるんで気が立ってるんだ」

「プレゼントですか」

「そう。家に持って帰れないモンばっかり。口紅とか黒いレースのランジェリーとか」

「はあ……。それは持って帰れないですね」

「持って帰って使えば喜ばれるのにな」

「は？」

「うん、いける」

悠一は投げつけられたクッションをサッとかわして、コーヒーを褒めた。加藤の顔がパッと輝く。

「ほんとですか？」

「ああ。ずいぶん上達したな。三ヵ月前はインスタントもまともに淹れられなかったのに。豆もいいのを使ってる」

「はい、今まではコンビニで買ってたんですが、駅前の専門店のに変えてみたんです。雨の日は三十パーセント引きになるんで、かなりお得です」

「いいことだ。質素倹約、清貧堅実が宮嶋体制のモットーだからな。席次もこれでＯＫだ。ワープロで清書して、前日までに人数分揃えておいてくれ」

「わかりました」

「おまえはなんでも飲み込みが速いから、おれも仕込みがいがあるよ」

「ありがとうございます」

加藤は輪島塗りの丸盆を口もとに当てて、浅黒い頬をぽっと染めた。

柾はズルズルとコーヒーを啜《すす》りながら、胡散臭《うさんくさ》げに部屋の中を一瞥《いちぼう》する。

「この部屋のどこが清貧なんだよ。イタリア製のソファセットにパソコンに、電子レンジまで揃えてるくせして」

「揃えたのは先代たちだ。ソファは高杉前会長、レンジはその先代、あの冷蔵庫なんか何代前が買ったんだか、けっこうな年代物だぜ」

悠一が親指で指した給湯室の冷蔵庫は、ヴ…ン、と低いモーターの唸《うな》りを途切れ途切れにあげている。

「あれもそろそろ買い換えの時期ですよね。時々水漏れするんです」

「気長に懸賞ハガキでも出すしかないな。一月のOB講演会に二月の予餞会だ卒業式だと、これからは金のかかる行事が目白押しだ。文化祭の収益が思ったほど上がらなかったし、当分ムダ遣いはできないぞ」

「冷蔵庫、必要あんの？」

「OBや見学の保護者を夏場冷たいものでもてなすことがあるんです」

「OB会に寄付でも頼んでみるかな……西芝かセンヨーのお偉いさんにOBいなかったか？」

「ふーん……けっこう大変なんだ。生徒会って予算使いたい放題かと思ってた」

感心する枉を、頬杖をついたままジロッと見遣《みや》る。

「バカ云え。そんなことしたら一般生徒の反感を買うだろ。二期当選を狙《ねら》うには、地道なアピールが必要なんだ」

「……それ聞くと、支持する気、失《う》せる」

「お邪魔さま」

と、そこへカラリとドアを開け、Ａ４型ノートパソコンを抱えた図書館司書、芥川《あくたがわ》が、ひょいと顔を覗《のぞ》かせた。着古したカシミアのハイネックセーターに、焦げ茶色のコーデュロイのパンツの眼鏡美人。図書館の主で、普段本校舎にはほとんど立ち入らない彼には珍しい遠征だ。

「廊下を通りかかったらいい匂いがするんで、フラフラと寄ってきちゃったよ。ぼくにも一杯貰えるかい？」

「もちろんです。どうぞ」

加藤がサッと立ち上がり、コーヒーを用意する。甘党の司書は、コーヒーにたっぷりミルクと砂糖を入れてかき混ぜた。

「いいもの持ってますね。先生のですか？」

机に置かれたノート型のパソコンを羨《うらや》ましそうにコンコン、と叩く悠一に、芥川はズボンの膝についた泥のような汚れを軽く払い落としながら、自慢げにスイッチを入れてみせる。

「ふっふっふー。いいだろう。昨日衝動買いしちゃったんだ。ちょっとした臨時収入があったもんでね」

「へえ……いいな、ＴＦＴ液晶だ。メモリーは？」

「32MB。これは128に増設してる。CPUは200、ハードディスクは2・1GB。56kbpsモデム内蔵、ディスプレイは12インチTFT」

「バッテリーは？」

「最長で五時間くらいかな」

「いくら？」

と、柾。

「税込み三十九万」

「げッ。高《た》ッけー。こんなのが三十九万もすんのっ？」

「メーカー希望価格は五十万だもの、これでずいぶん値下がりしたんだよ」

「三十九万、か……昨年度の繰り越し金じゃ買えないな。ノートがひとつあると、会議のときに便利なんだけどな」

悠一は難しそうに頰杖をついて、机上の古びたデスクトップパソコンを叩く。

――と、そのとき突然、冷蔵庫のモーターが、ガゴン！　といましも爆発するんじゃないかというような音を出した。芥川がひゃッと声をあげて振り返り、

「パ……パソコンより、あっちのほうが切実な問題みたいだね」

と、びっくり眼《まなこ》をパチパチさせた。悠一が溜息をつく。

「加藤、懸賞雑誌と官製葉書二十枚買ってきてくれ。領収書も忘れずにな」

「……うにゃあ」

深夜、羽根布団からぬくっと頭を出すと、枕もとのスタンドだけが点《つ》いていて、広いベッドの隣で貴之が眠っていた。

いつの間にかうとうとと眠ってしまっていたらしい。

時計を見ると夜中の二時だ。眠い。……けどこのまま眠るわけにはいかない。その前に、どうしてもやっておかねばならないことがあるのだ。

柾は、シーツを汚さぬよう、そろーっと体を起こしベッドを出た。腰がふらついていて、膝がぐんにゃり、力が入らない感じ。

「……どこへ行くんだ？」

てっきり熟睡しているとばかり思っていた隣の男が、枕に頭を埋《うず》めたまま片目を開いた。

「……トイレ」

床のシャツを拾いながらそう答える。そうか……と呟いてまた瞼《まぶた》を閉じた恋人の規則正しい寝息を確かめると、柾はホッと吐息をついて、シャツを羽織りながらそっと寝室を抜け出した。

この広い邸宅の、二階の東側のほとんどが貴之の私室だ。広い寝室と書斎、ウォークインクローゼットにバスルーム。柾の部屋にもシャワーがついているが、ここのはさらに広く、ちゃんと浴槽もある。床は顔が映るほど磨かれた黒御影のタイル貼《ば》り、浴槽は最新式のジェットバス。もっとも、貴之はもっぱら一階の総檜《そうひのき》の風呂を好んで利用しており、ここでは夏場にシャワーを浴びる程度だ。

シャワーの湯を勢いよく出しながら、柾は白いバスタブの縁に片脚をのせた。最奥からどろっとしたものが伝い下りてくる、ゾッとするような感触に、思わず顔が歪《ゆが》む。貴之に叩き込まれたたっぷりの精液が、シャワーで温まり、緩みはじめた筋肉の奥からだらだらと流れ出てきているのだった。

柾はためらいがちにその周囲に指をさまよわせていたが、やがて、えい！ とばかり指を突き立てた。少し前まで逞しい肉塊の出入りを許していたそこは、思ったよりたやすく指を飲み込む。

「んっ……」

根元まで埋め込んだ指を、中のものを掻《か》き出すようにぐりぐりと動かす。痛みと不快感に思わず足の指まで力が入り、指をぎゅうっと締めつけてしまいそうになるが、そこをこらえて作業をくり返した。

ぬるぬるした液体が、指伝いにわずかずつ掻き出される、そのなんともいえない感触に、低い呻《うめ》きが唇から漏れる。

（……これだからヤなんだ。つけないでするの……）

セックスのとき、貴之がコンドームをつけない頻度はわりに高い。リビングで急にはじまってしまったり、浴室でそういう気分になったりと、間に合わないことが多々あるからだ。

俗に、開いた手を横に倒して、親指から順に十代、二十代、三十代の角度だと云うが、

（なっにが人差し指なもんか、あのエロジジイ）

バリバリ十七歳の柾よりタフなんてサギだ。

（……けど、今日ははじめからちゃんとベッドでしたのにな）

つけてって頼んだのに……。ほんっと意地悪ィんだから。ネチネチネチネチ……！　いやらしいんだよな、中年はっ！

柾はフンッと鼻息をついて、さらに深いところを流すために、フックに掛けてあったシャワーを外した。

フッ……と、背後でかすかに風が動いたような気がした。ドアが開いてたのかな……と思って振り返った柾は、飛び上がるほどビビッた。

恐ろしいほど間近に、バスローブ姿の貴之が立っていたのだ。

「なっ……なんだよ！　バカ！　出てけよ！」

シャワーヘッドを向けて威嚇する。貴之はにやにやと笑いながら、飛び散る湯飛沫《しぶき》から体

をかわした。

「わたしのことは気にせず続けてくれ。なんなら洗ってやろう。わたしの責任のようだしな」

「いいってばっ！」

威嚇のつもりで向けたシャワーが、貴之の胸をさっと濡《ぬ》らした。あッとひるんだ隙《すき》に、シャワーを奪われてしまう。左腕を後ろに取られ、タイルの壁に裸の胸を押しつけられる。

「つめて……っ」

蹴《け》り上げて逃げようとしたが、貴之の逞しい長い脚が股間《こかん》に潜り込み、蹴ることも閉じることもできないように両脚を大きく割り広げられてしまった。

動かせるのは右手だけだが、ものの役にも立たない。下に置かれたシャワーの湯が、温かく膝に当たる。貴之のバスローブの裾《すそ》もぐしょぐしょになっていた。

「どれ……遠慮せずに診《み》せてごらん」

診療中のドクターの口調で貴之が柾の尻を拡《ひろ》げる。穏やかな口調。でも、むずかる子供にも云うことを聞かせてしまう、威圧的な響きがそれにはある。

「やめろよ、ばかっ……あっ……」

ひんやりした指に尻のラインをつぅーっとなぞられ、柾は肩をよじった。貴之は片手だけで器用にそこを押し拡げると、長い指を一本、ぐっと突き刺した。

「い、いてっ」

「力むからだ」

「やめ……あぁッ！」

思わず悲鳴をあげていた。貴之の指が、締まった肉をかき分けて、さっきよりずっと深く侵入してくる。

「あ、あぁ――」

緩く掻き回され、はしたない声が漏れる。あわてて口を塞《ふさ》ぐと、ずるり、と指が出口付近まで引き抜かれた。

「いっ……」

「ん……。もうあまり残ってないようだな……」

指についてきた残滓《ざんし》を確かめて云う。柾はカアッと赤くなって彼を睨みつけた。

「わ……わざとだろ。絶対わざとだろっ。これがしたくってつけなかったんだろ！　う、ううっ」

貴之はそれには答えず、尚も掻き出すように柾の内部でぐりぐりと指を動かし、甘苦しい痛みで柾を喘《あえ》がせ、乱暴に引き抜いた。柾はうッと声をあげたが、それでも、異物が取り除かれ、肉がもと通り締まっていく感覚に、全身でホッと安堵《あんど》する。が、それも束《つか》の間《ま》。

「やっ……」

柾はビクンとのけぞった。

貴之が、尻に顔を埋めていた。ひくつく蕾《つぼみ》を指で押し拡げ、尖《とが》らせた舌で、襞《ひだ》の一本一本まで執拗《しつよう》に舐めねぶる。そのぬめった動きに、ズキン！　と股間が一気に膨脹した。

「あっ……ああ、そ……それ、やだ……あっ……」

唾液が太腿《ふともも》へと伝い落ちる。

「あっ……あぁっ……」

熱い舌に体の内部を嬲《なぶ》られる、快感とも不快ともつかぬ淫《みだ》らな感覚に、柾は激しい声をあげ、髪を振り乱す。

「や……もう……やだっ……」

膝が笑ってどうにもならない。タイルの壁に頬を押しつけることで、かろうじて体を支えていた。どうにもできないほど昂《たかぶ》ってしまっていた。

ふいに背中から手が離れ、尻の狭間へと下りていく。入口に、長い指が軽く折れ曲がって入ってきた。

「あ……っ？」

「また濡れてきたぞ」

貴之は面白そうに囁いて、差し込んだ指をぐりぐりとこね回した。

「ほら、中までヌルヌルがいっぱいだ」

「い……いやだ……んう……」

湿った舌が耳の穴を嬲る。柾は強い刺激にビクッと身をすくめ、その反動で体の中の指を力一杯締めつけることになってしまった。

貴之が、からかいに唇を歪める。

「すごいな。尻を虐《いじ》められるのがそんなに好きか」

内部に潜り込んだ指が、蛇のようにうねうねと蠢《うごめ》く。それに合わせて、淫らに細腰がくねった。

刺激で勃ち上がった性器が、壁のタイルにびくんびくんと跳ね上がってこすれ、露が滴《したた》る。

だが貴之は、蕾と太腿の周囲ばかりいじっていて、ちっとも肝心の部分にふれてくれない。

「も……や、だ……、立って……らんな……」

冷たい壁に額をつけたまま、柾は泣き言を吐く。

「立っていられなければ、そこに座りなさい」

バスタブの縁に尻をのせて、柾の手を引っぱる。

柾はいやいやタイルに膝をついた。下に置いたままのシャワーからどんどん湯が流れてくるので、冷たくはない。

貴之はバスローブの紐《ひも》を解《ほど》いた。そしてとろけるような甘い声で云った。

「選ばせてやろう。上に乗っかるのと、口でしゃぶるのと、どっちが好きだ？」

見せつけるように隆と立ち上がった股間から、柾は脅えたように目をそらした。貴之が額の生え際に指を突っ込み、やさしく強引に、柾の顔を持ち上げる。

「どっちだ」

「……」

柾は奥歯を噛み合わせた。

貴之は時々こうして、ギリギリのところまで燃え立たせておいて、柾がプライドをねじ曲げて、泣きながら懇願するやり方を好んでした。

嫌がれば嫌がるほど、相手に楽しみを与えることになる。乗っかるのもしゃぶるのもイヤだなんて云おうものなら、さらに酷《ひど》い仕打ちが待っているのだ。――もっともう、どっちもイヤなんて云えるような状態ではなくなっていた。

柾はぎゅっと強く唇を噛みしめると、覚悟を決めたように男の屹立《きつりつ》に手を添え、先端をゆっくりと含んでいった。

口の中へ収めると、男はさらに張りを増した。柾の前髪の生え際を摑んだまま、「ん……」と低く呻いて、ゆっくりと腰を揺すりはじめる。喉の奥まで刺し貫かれると、ぐっと吐き気がこみ上げた。

「もっと舌を使いなさい。……そう。いいぞ……上手になった……」

甘いテノールが快感にくぐもるのを聞くうちに、はじめはためらいがちだった柾の愛撫《あいぶ》にも、次第に熱がこもってくる。やるからにはいってほしくて、彼がいつもしてくれることを思い出しながら、袋を揉んだり、括《くび》れを吸ったり、頬擦りしたりと、いろいろと試してみるのだが、まだ口で男をいかせたことはなった。顎《あご》がだるくなって、最後には咥《くわ》えているだけでやっとになってしまうのだ。

「柾は、本当においしそうにしゃぶるな」

切れ長の二重の眦《まなじり》を官能の色に染め、男は、年若い情人の閉じた瞼についた水滴を、親指でそっと拭《ぬぐ》ってやる。

「好色な顔だ。咥えるのがそんなに好きなのか」

屈辱的でいやらしいその言葉に、男の性器に仕える自分の恥態がはっきりと脳裏に浮かび、柾の全身は激しい羞恥《しゅうち》の炎に包まれた。

「あ……――」

口腔《こうこう》から、雄々《おお》しく育ったそれが引き抜かれ、ビンと反り返る。柾はタイルの上を流れる湯の中に座り込んだまま、目の縁をほの赤く染め、逞しい男の隆起を見上げた。黒目が涙が溜まっているように熱っぽく潤んでいた。

「欲しいか」

柾の頤《おとがい》をあおのかせ、貴之は尋ねた。

「あ……」

答えられず、柾は唇を震わせてただ男を見つめ返す。

「ちゃんと言葉で云うんだ」

貴之は声を荒げて柾の片手を引いた。熱く脈打つものを握らされ、柾の全身にぶるッと慄えが走った。

「わたしのこれを欲しいか？」

貴之の片手が尻に回る。奥でひくついている入口を指先で執拗に撫《な》で回しながら、自分の股間を握らせている柾の手を、その上から包み、ゆっくりと動かした。——熱い。熱くて硬い。

「答えなさい。これで犯してほしいんじゃないのか——どうなんだ」

柾は泣きそうに歪めた唇を貴之の唇にぶつけた。そして淫らなことを白状させられた。

「んうっ……はあっ……あっ……あぁっ……」

深々と捩《ね》じ込まれる。待ち侘《わ》びた快感に半端な羞恥心なんか根こそぎ吹っ飛んで、柾は男にしがみつき、締まった胸に汗みずくの顔をすりつけ、腰をくねらせて激しく悶《もだ》えた。抱き合った体が汗でぬるぬると滑る。あたり一面にシャワーの蒸気が白く立ち込めている。

熱く、締めてくる快感に、貴之の美しい顔も歪む。腰を打ちつけるリズムが次第に速くなっていき、柾の声もそれに合わせるように高くなった。

「あ、あ、あぁっ！　あぁぁっ……！」

カラカラの喉を絞り上げながら、柾は極めた。貴之はぐったりとした体をタイルの上に突き放し、立ち上がる。

「う……く……」

熱を持ったアナルが冷たいタイルにすりつけられ、柾はその痺《しび》れるような快感に、低く呻いた。

貴之は、自分のホースを扱《しご》きながら、座り込んだ柾の前髪を摑んで顔を上げさせ、そのなめらかな褐色の頬へ放った。たっぷりと。

「……あ……」

柾は、放心しきったうつろな顔で貴之を見つめた。

自分がどうされているか、ほとんど自覚がなかった。ただ、荒い息をつくたびに尻の奥がヒクッ、ヒクッ、と喘ぐのだけが、いまの柾の全感覚だった。

「……いやらしい白雪姫だ」

顔中に飛び散った精液を、親指で褐色の肌になすりつけながら、貴之が尋ねる。

「王子さまにさせたのはキスだけか？　他のこともさせたんじゃないのか？」

「……──」

柾は黙って首を振る。

「舌を入れさせたのか？」

また首を振った。

「してない……」

「どうかな。おまえは平気で嘘をつく子だからな」

「してないよっ！」

怒りと屈辱とがうねりのように突き上げてきて、柾はぐっと喉を詰まらせた。目の縁いっぱいに涙を溜め、男の胸をどん！　と叩く。

「そんなことしないっ。いっ……いやだったんだからな、おれはっ。貴之と以外、そんなことっ……」

「泣くな」

「泣いてないっ」

頰に零《こぼ》れた悔し涙を拭おうとする指を、強く頭を振って払いのける。貴之は口もとに苦笑を忍ばせ、小刻みに震える細い両肩を胸に抱き寄せると、しっとりと汗ばんだ黒髪に何度も頰擦りした。

「悪かった。云い過ぎたよ。……いい子だから、そんなに泣かないでくれ。お目々が溶けてしまうぞ？」

「子供みたくっ……」

「子供だよ」

頤を持ち上げ、目の際に溜まった雫《しずく》を、唇でそっと吸い取る。

「ずっと子供のままでいい……いつまでも、わたしの可愛い柾でいてくれ」

「おれは子供じゃ」

唇が、親指でそっと塞がれる。男の真剣な眼差しに、柾はドキッと息を詰めた。——それはどこか、見つめられる者の心を痛くするような眼差しだった。

「ひとつだけ……約束してくれ」

貴之は大きな手で、柾の頭を撫でた。

「もし、この先おまえが、わたし以外の人間に心を移すようなことがあったとしても——」

柾は驚きに目を見開く。

「そ……！」

「聞きなさい。……もしそうなったとしても、おまえを咎《とが》めるつもりはない。そこまでおまえを縛る権利は、わたしにはない」

どうしていま突然そんなことを云うのか——男の唇から一言吐き出されるごとに、まるで心臓を握りつぶされるかのようで、柾はなにも云えず、ただ目の前の男を、食い入る眼差しで見つめる。

情人の黒髪を撫でながら、貴之は甘い声で続けた。

「ただ、ひとつだけ、これだけは約束してくれ。少なくともわたしを好きでいる間は、他の男には唇を触れさせない……と。守れない約束でもかまわない。ただ最後までわたしをだましてくれさえすれば」

そしてめったに見せたことのない、心許無いような嗤《わら》いを浮かべて、唇と唇をすりつけるだけの軽いキスをする。

「……でなければ、心配でおちおち出張にも出られん」

柾は目頭を拭い、ぎゅっと男の首に齧りついた。

(妬《や》いてたの？……バカだな、貴之)

あんなに反対したのも、機嫌が悪かったのも、ほんとはそのせいだったのか？

バッカだなあ……もう。柾は思わず苦笑を滲ませた。あんなの、キスじゃないのに。想いが繋《つな》がっていなければ、キスなんて、唇同士が触れただけ。手を繋ぐことほどの意味もないのに。

目の前の十二も年上の逞しい男が、なんだかとてもいじらしく、切なく思え、柾は、両手で彼の頬をそっと挟んで、その美しい顔のいたるところに、優しいキスの雨を降らせた。そして何度も何度も、キスの合間にくり返し誓ったのだった。

「おれは他の誰も好きにならないよ。……約束する。おれが好きなのは、貴之だけだ」

ずっと貴之だけだよ……と。

「やっぱりおまえが犯人だ！」

昼休み、生徒会執務室に搬入された真新しい大型スリードア冷蔵庫を一目見るなり、人差し指を突きつけて叫んだ柾に、

「……こいつをつまみ出せ」

悠一はソファで新聞を広げたまま、冷たい怒りを含んだ声で傍らの加藤に命じた。

「とぼけんなっ！　このスリードア冷蔵庫が動かぬ証拠だ。昨日の今日で懸賞が当たるわけねーだろ！　やっぱりおまえが貴之にバラしたんだな⁉　裏切り者ーっ！」

「……醜《みにく》いな。早く犯人を挙げて心の平安を手に入れたいと焦るあまり、手近な人間に罪をなすりつけて無実の者を犯人に仕立て上げる、こういう人間の心の弱さが、冤罪《えんざい》というものを生むんだぞ、加藤」

「はい」

プリントの束を大型ホチキスで留めながら、加藤はしごく真面目に頷《うなず》く。

「たいへん勉強になります」

「その冷蔵庫はな、加藤のお姉さんが生徒会に寄付して下さったんだ」

「……加藤の？」

「いえ、そんな。寄付なんて大層なものじゃないんです」

加藤は照れ臭そうに眉の上をかく。

「雑誌の懸賞で当たった物なんです。姉が狙ってたのは一等のカナダ旅行だったらしいんですけど、三等の冷蔵庫が当たってしまって……姉は一人暮らしで、マンションの狭い台所に二つも冷蔵庫入らないし、うちのも買い換えたばかりだし、当たったはいいけど置き場に困ってたんです。ここに引き取ってもらえて姉も喜んでました」

「弟思いのやさしい姉さんだ」

悠一は新聞越しに、冷たい眼差しでチラリと友人のほうを見た。

「どっかの誰かとはえらい違いだ」

「……ごめん」

口を尖らせつつも素直に頭を下げた柾に、肩を竦《すく》める。

「例の押収品は今日の放課後業者が引き取りに来て焼却場行きだ。写真のネガもビデオのマスターテープも押さえてるし、他に怪しげな密売の話も聞かない。人の噂《うわさ》も七十五日、しばらくおとなしくしてれば、そのうち貴之さんも周りのやつらも忘れてくれるさ」

「うん……」

柾は目もとにちょっと頼りなげな風情を滲ませて、いったんは頷いたものの、悠一が犯人ではなかったことでかえって懸念が広がってしまった。クッションを抱え、親指の爪を噛む。

「……けど、悠一が犯人じゃないんだったら、いったいどこから漏れたんだろう……」

「あんまり悩むとハゲるぜ。……ん？」

立ち上がってふと窓の外を見下ろした悠一の眉が曇った。眉をひそめ、ブラインドを指で押し下げて外を窺《うかが》う。

本校舎の北側に、周囲を常緑樹の灌木《かんぼく》に囲まれて、生徒会の倉庫がある。

「なんです？」

「いま倉庫の前を誰かがウロついてた」

「ええっ？」

柾と加藤が急いで窓に頭を並べる。しかし、悠一の見間違いであったかのように、倉庫の周囲に人影はないのだった。


放課後、悠一と加藤が廃棄物を倉庫から出しに行くと、ドアの前にコート姿の何者かがしゃがみこんで、なにやら怪しげな動きをしていた。

首筋から背中にかけてのほっそりとしたシルエットから、その挙動不審な人物は芥川司書だとすぐにわかったが、ここは普段人気《ひとけ》もなく、図書館司書に用があるとも思えぬ場所だ。

――昼間の不審な人影も彼だったのか？

悠一と加藤は胡乱《うろん》げに視線を交わし合い、足音を忍ばせて、そっとその背後に近づいた。

「先生」

呼ぶと、彼は弾《はじ》かれたようにビクッとして振り返った。二人の姿に、慌ててなにかを背中に隠し、立ち上がる。

「や、やあ二人とも……どうしたの、こんなところへ」

「先生こそ、なになさってるんです、こんなところで」

「いや、うん……生徒会の仕事かい？」

「ええ。これから廃棄物を業者が引き取りに来るので、立ち会うことになってるんです」

「そう、そりゃご苦労さまだね。じゃ、頑張って」

「………」

後ろ手になにやら隠したまま、蟹歩きで立ち去ろうとする芥川を、悠一が、

「ああそうだ、先生」

と何食わぬ顔で引き止めた。

「お祝いを云うのをうっかり忘れてました。群青《ぐんじょう》新人賞佳作入選、おめでとうございます
――読みましたよ、〝船底に眠る蝶々《ちょうちょう》〟」

「えっ？　えっ？　ええっ？」

その言葉に芥川は激しい動揺を見せた。真っ赤になってわたわたする彼に、加藤が首をひねる。

「なんですか、群青って？　先生がなにか賞を獲ったんですか？」

「月刊群青は純文雑誌だ。先生は阿多川薫《あたがわかおる》ってペンネームで何度も投稿をしてて、先月はじめて選を通ったんだ」

「きっ、きみ、なんでそんなことまで知ってるの⁉」

「……なんでシャベルなんか持ってるんです？」

芥川はハッとして、ついわたわたと動かしていた軍手を嵌《は》めた両手と、泥まみれのシャベルを背中に隠した。

そのあからさまな挙動不審に、悠一がスッと目を細め、その目配せで加藤が動き、司書の逃げ道を塞ぐ。悠一は探るようにゆっくりと云った。

「そういえば、昨日ズボンに泥がついてましたね。……今日の昼休みにもここにいらしたようですが、いったいなにをしてらっしゃるんです？　花壇ならもっと陽の当たる場所にお作りになったほうがいいと思いますが？」

「いや……あの……うん……」

疑り深い二人の眼差しに挟まれて、もじもじしていた芥川は、やがて根負けしたかのように、バツ悪そうに俯いたまま口を開いた。

「……誰にも云わないかい？……実は学生時代、この場所に……ラブレターを埋めたんだよ」

「……ラブレター？」

司書の意外な告白を聞いて顔を見合わせる二人に、彼はハーッと溜息をついた。

「なんだかぼくって子供のころから、ストーカーみたいな人につき纏《まと》われるのが得意でねぇ……やたらに手紙を貰うんだ。でもああいう物を家に置いておくのも気持ち悪いし、だからって捨てちゃうのも祟《たた》られそうで怖いだろ？　それで卒業式に、クッキーの缶に入れてここに埋めさせてもらったんだ。卒業したあとはすっかり忘れてたんだけど、ここの司書になってから、いつ掘り返されるんじゃないかとビクビクしてて……」

「……そうでしょうね」

「それより佐倉くん、きみ高校生のくせにどうしてあんなオヤジな文芸誌を……いやいや、それより、どうしてぼくだとわかったの。ずっとペンネームで書いてたのに」

「ああ……群青は好きなミステリー作家が時々載っているんで、かかさずチェックしてるんです。それにペンネームったって、本名の芥川を阿多川に変えてるだけでしょう。先生が小説を書いてらっしゃるのは以前から薄々知ってましたし……ああ、そうか。パソコンの衝動買いは、あれの賞金だったんですね。佳作三十万」

「へええ…すごいなあ先生、小説を書くんですか！　ぜひおれにも読ませて下さい。月刊群青ですね？　部活終わったらダッシュで買って帰ります」

心から感嘆の声をあげる加藤に、芥川は色白の頬を真っ赤に染めて両手を振る。

「い、いいよ、若い子には退屈な純文学だよ。入賞って云ってもただの佳作だし……恥ずかしいから、他の人には云っちゃダメだよ？」

コートのポケットをゴソゴソ探って、二人の手の平にミルキーを三粒ずつ、こっそり握らせ、そしてそれではまだ足りないと思ったのか、さらに二粒追加した。

二人はくすっと笑い、買収に応じた。

「はい。誰にも云いません。誓って」

「おれもです」

「ありがとう」

恥ずかしそうに礼を云い、図書館へ戻っていく司書の後ろ姿を見送りながら、悠一はミルキーを一粒口に放り込んだ。

「やっぱり、芥川さんはシロか……」

「シロ？」

小さな呟きを聞きとがめた加藤に、悠一は肩を竦めた。

「岡本先輩の写真のことですか」

「ああ。犯人はあの人じゃないかって、実はちょっと思ってたんだよな」

ついついこの後輩には気安く話してしまう。あんまりよくない傾向だなと思いつつ、悠一は話を続けた。

「オカの話を思い出してみたら、写真の中には、キス直前のがあったらしい。王子の顔もはっきり写ってるやつ。で、考えてみたら、そこまでアップで撮るには高感度カメラとフラッシュが必要だろ？　会場内でフラッシュを焚けば気付くし、すぐに係が注意しに行く。おれも会場内の警備に気を配ってたから覚えてたんだが、あの時は写真部のフラッシュだけだった。とすると、少なくとも例の写真は校内で販売されたものだ。買えるのは学校関係者に限られる」

「ああ、なるほど。でも、どうして芥川先生を？　写真が買える関係者は他にもいますよね」

「枚数だよ。写真を買うには、クラスに回ってきた見本に欲しい枚数をチェックして、クラスと名前を書くだろ？　けど全種類コンプリートした生徒はいなかった」

「リストを全部調べたんですか……さすがです」

「感心するな。気になることはほっとけない性分なだけだよ。で、昨日生徒会執務室の冷蔵庫が壊れて、寄付してくれそうなOBを捜して名簿を当たってるときに気がついたんだ。芥川さんの実家が、四方堂系列の子会社だってことに」

「そんな！」

加藤は思わず大声を上げた。

「先生はそんなことをする人じゃありません。第一、動機が……」

「わかってるって、そうマジに取るな。おまえってほんと堅物だな」

「す……すみません」

しょげたように肩を落とす後輩の背中を、悠一は優しくぽんと叩いた。

「ただの可能性だよ。自由に生徒会に出入りできて、見本写真を入手できる可能性が一番高いなって思っただけ」

「見本……？　あ、そうか。買わなくても、見本を手に入れれば全種類の写真が揃う」

「そういうこと。学年ごとに写真の見本を回すのも、戻ってきたリストをチェックして焼き増しを発注するのも生徒会の管轄だろ。けど調べてみたら、戻ってきた見本が一学年分紛失してたんだよな。もちろんオカの写真も含まれてる」

「……誰かが横領したってことですか？」

「ま、べつに珍しくもないけど」

二個目のミルキーを、口の中に放り込む。

「買いそびれた生徒や教員にこっそり頼まれて横流しするとか、高杉会長の時代でさえあったことだ。焼き増しに必要なのはリストだけで、見本がなくなってようが気にしないからな。どうせ処分するものだし。今回だっておれが調べるまで誰も気付かなかった。生徒会室に出入りしても怪しまれなくて、さらに四方堂と繋がりがある人物って考えていったら、芥川さんだったんだよ」

疑いを強めたのは、倉庫の前をうろついている芥川を見たときだ。処分される前にビデオテープを持ち出す機会を伺っているんじゃないかと思ったのだが――

悠一はふと、黙り込んでしまった加藤を見上げ、その沈んだ表情に気付いて苦笑した。

「ばーか、なんて顔してんだ。云ったろ、あの人はシロだって。昔のラブレターがいつ掘り返されるんじゃないかってビクビクしてるような人に、見本一式ちょろまかすなんてできるわけがないさ」

「本当に仲がいいんですね」

「え？」

「そんなに一生懸命になるなんて、岡本先輩と本当に仲がいいんだなと思って。なんか……羨ましいです。先輩達が」

よせよ、と悠一はちょっと苦々しげに眉をひそめた。

「気になることをほっとくのが気持ち悪い性分なだけだ。べつにあいつのことじゃなくたって調べるさ。おまえのことでもな」

「えっ……」

「おうーい、佐倉あ！」

そこへ、頭上からダミ声。常緑樹の灌木越しに本校舎を仰ぎ見ると、二階から生活指導の宮田《みやた》教諭が、こちらに向かって白い紙を振っている。

「すまーん、さっき持ってきてもらった生徒総会の式次第にコーヒーぶっかけちまった」

「それなら生徒会室にコピーがありますから、すぐお持ちしますよ。ちょっと行ってくるから、鍵を開けて段ボールをチェックしておいてくれ」

悠一は加藤に鍵束を投げると、足早に歩き去った。

同性ながら惚《ほ》れ惚《ぼ》れするような颯爽《さっそう》とした後ろ姿を、校舎の中に消えるまで加藤は熱い視線で見送り、倉庫の南京錠を外して、中へ入った。そしてブレザーの内ポケットから携帯電話を取り出し、電話をかける。

「もしもし？　ああ、姉さん。おれ。うん、冷蔵庫届いたよ。先輩もすごく喜んでくれた。社長によくお礼を云っといてよ。——うん、それでさ、いま例のビデオが手に入ったんだけど……」

「社長、先日は贈り物をありがとうございました。さっそく喜んで使わせて頂いているそうですわ」

ダナ・キャランの美しいシルエットのスーツに身を包んだ加藤絵里《えり》は、にこやかな笑みを浮かべて礼を述べた。

彼の背後には丸の内を一望する大きな窓があり、暮れかけた空に、東京タワーがその姿を赤く浮かび上がらせていた。

「それで、実は先ほど、例のビデオが手に入ったと連絡があったのですが、ご覧になりますか？　内容は、白雪姫と眠りの森の美女のノーカット二本立てで、イベントやフォークダンスなどの模様も収録されているそうです。宅配便で明日、社のほうに届けるよう申し伝えておきましたが」

「ありがとう。君の弟さんには、迷惑をかけるね」

男はオークの机の向こうで、目を通していた企画書からゆっくりと視線を上げた。

叡知溢《えいちあふ》れる輝くばかりの素晴らしい美貌と、それ一点で普通のOLの一年分のボーナスが吹っ飛んでしまう高級な背広が包む、引き締まった肉体に、絵里はうっとりと目を細める。

あの胸に顔を埋めてみたい……ジィンと痺れるような切ない気持ちを、ここは職場よ、就業中なのよ……と、胸の中で何度もくり返しては、押し殺すのだ。

彼女だけではない。これは秘書課の女性たちの誰もが、大なり小なりみな密かに隠し持っている想いなのだった。

玉の輿《こし》などと大それたことは望まない、愛人でいい、いやただ一度でもいい、この類《たぐ》いまれなる財力と美貌を兼ね備えた男から愛されてみたい。こんな男に愛されるのはどんな人なのか——

「弟さんになにか礼をしたいが、なにがいいかな？」

二十九歳とは思えぬ、落ち着いた美声が問う。

「まあ、いいえ、とんでもありません。先日立派な冷蔵庫を頂いたばかりですし……そうですか？　はい、ではお言葉に甘えて……。そういえば、生徒会室にノートパソコンが欲しいとか、ちらっと云っておりましたけれど……」

「パソコンだね」

貴之は机上のインターカムで、隣室の第一秘書を呼んだ。

「東斗学園高等部の生徒会に、ノートパソコンを二台選んで手配してくれ。ああ、そうだ。わたしの名は出すな。匿名で、第×回卒業生贈——と」

「ありがとうございます。きっと喜びますわ」

絵里は、自分が一番美しく見えるように計算した笑みを、にっこりと浮かべた。

「愚弟で役立つことがありましたら、これからも遠慮なく仰《おっしゃ》って下さい。甥子さんの学園生活をあくまで陰からそっと見守ろうとなさるボスのやさしいお気持ちに、わたくしも弟もとても感動してますの……なかなか誰にでもできることじゃありませんもの。本当に、麗しい愛情ですわ」

「ありがとう。……下がっていいよ」

恋人の学園生活を、あくまで陰からそっと覗き見ようとする、類いまれな美貌と財力と愛を兼ね備えた男は、若い美人秘書にそう云い、机の一番下の抽斗《ひきだし》からアルバムを取り出して、一人満足げに眺めつつ、呟くのだった。

「今夜はセーラー服をコレクションに加えてみるか……」

X
―エックス―

……ない。

新聞受けから四つ折りで突っ込まれている朝刊を取り出し、銀色のカバーを上げて、中にもうなにも入っていないことを確かめる。

念のため、チラシの中に挟まっていないか、すべて広げて調べた。そしてあの悪趣味な封筒が今朝こそは投函されなかったことを確認すると、津田奎一郎《つだけいいちろう》は、深い安堵《あんど》の吐息をついた。

すると途端に、たかだかダイレクトメールごときに振り回されている自分が、腹立たしく思えてくる。

まったくばかばかしい。郵便受けにその手の封書が投げ込まれることは、都会ではなんら珍しくないことだ。ついにこの閑静な住宅街もそうした不埒《ふらち》な業者の標的になった。それだけの話ではないか。

——神経質になりすぎていたようだな。わたしとしたことが……。

津田は端麗な口もとにうっすらと苦笑を滲《にじ》ませると、新聞を小脇《こわき》に挟み、わずかにしこるわだかまりを溶かすように、朝の清々《すがすが》しい空気を胸いっぱいに吸い込んだ。

美しい朝だ。空は眩《まぶ》しく青い。植栽の朝露がキラキラと光っている。もうじき冬だ。肺を満たす空気が、今朝はずいぶんと冷たい。

「おはよう、奎一郎さん。めずらしく今朝はゆっくりりね」

そこへ、トレーニングウェア姿の母が、白い息を切らしながら門をくぐってきた。

「おはようございます。ジョギングですか」

「ええ。先週から木崎《きざき》の奥様に誘われて、テニスクラブに通いはじめたのよ。少しは体力作りをしなくちゃと思ってね」

元気よくテニスラケットを振る真似をしてみせる母、昭江《あきえ》を、津田は微笑《ほほえ》ましく見つめた。

一年前、夫を脳溢血《のういっけつ》で突然亡くした折にはずいぶん気落ちして、周囲も気を揉《も》んだものだが、この頃はまた少しずつ外に出る気力も湧《わ》いてきたらしい。飽きっぽい彼女のことだからテニスクラブも三日坊主に違いないが、家の中で塞《ふさ》ぎ込んでいるよりはよほどいい。

今年五十八を迎える母が、若々しく美しくあることは、津田にとってもなによりの誇りだった。

「あら涼子《りょうこ》ちゃん。朝食は？」

「いらないい。時間ないの。会議の前に片づけておきたい資料があるのよ。兄さん、なんだって今朝に限って四十分も寝坊するのよ。いつだってＮＴＴの時報より正確なくせに」

大手広告代理店に勤める双子の妹が、スーツのジャケットを片手に、キッチンで牛乳を立ち飲みしていた。

兄とよく似たシャープな目鼻立ち、すらりと背が高く、髪はマニッシュなショートカット。今朝は綿の白いシャツに、濃茶のパンツスーツというでたちだ。

立ったまま飲み食いする無作法さも、若い女性がズボンを穿《は》くことも、津田に眉をひそめさせるが、それを口に出そうものなら矢のような反撃が待っている。

朝っぱらからフェミニズム論だの男女均等法においてのセクハラがどうのと講釈を聞かされるのは真っ平だったので、津田は黙したまま、ダイニングテーブルの彼の席に腰かけた。

「まあ……あなた、奎一郎さんに起こしてもらってるの？　キャリアウーマンがそんなことじゃいけないわ。目覚ましをもうひとつ買い足しなさいな」

「べつに起こしてもらってるわけじゃないけど、兄さんが雨戸を開ける音で目が覚めるのよ。毎朝きっかり六時半。それからトイレ五分、洗面所で五分、着替えて郵便受けに新聞を取りに行くのに五分。新聞は、一面、経済、社会面の順に十五分かけて目を通し、コーヒーを飲みながらＮＨＫの天気予報を観て、七時かっきりから朝食。毎日ほとんど一分と狂わないんだから。つい時計代わりに使っちゃうってものでしょ」

「寝坊などしていない。昨夜は二時まで深夜番組を観ていたので、起床時間を四十分ほどずらしただけだ」

新聞を開くと、家政婦が熱いコーヒーを運んでくる。猫舌の彼は、それを五分ばかり冷ましてから飲む。

以前はノーミルク、ノーシュガーだったが、脳の活性化には起きぬけに糖分を摂取するのがいいと新聞で紹介されていたので、最近はスプーン一杯の砂糖を入れることにしていた。

「へーえ、珍しい。いつも十二時消灯の兄さんが深夜番組？　そんなに面白い番組がやってたの」

「咀嚼《そしゃく》が人体に及ぼす影響力のレポートだ。一口につき三十回以上嚙《か》むことによって交感神経を刺激し、記憶力が上昇するなどの実験結果が出たそうだ。卑弥呼の時代と現代人では、嚙む回数は六分の一以下に減っていることから、現代の科学的成長の伸び悩みにその一因を結びつけて類推するという、なかなか興味深い番組だった」

「……兄さん」

涼子は胸の前に両腕を組んで、難しい顔で社会面を読んでいる双子の兄を見つめた。

「さすがに兄さんの将来が心配だわ。いい歳《とし》してＮＨＫの教養番組しか愉《たの》しみがないなんてお先真っ暗よ。たまには女の子とデートでもしたら？　いつまでも若いつもりでいたら、青春はあっという間に過ぎてっちゃうんだからね。ハゲてお腹《なか》が出てから後悔したって遅いのよ。東大出のエリートで、一部上場の出世頭だからって、いつまでも婿の貰《もら》い手があるわけじゃないんだからね」

「まあ、奎一郎さん、お婿に行ってしまうの？　奎一郎さんがいなくなったら、ママ寂しいわ」

「甘いなあ、ママは。いまどき姑《しゅうとめ》と同居してくれる嫁なんか、そう簡単に見つかるもんですか」

「あらだって、お隣のところは同居よ？　それも、お嫁さんのほうから、ぜひ同居させて下さいって云ってきたんですって」

「お隣はできちゃった結婚じゃないの。お姑さんに赤ちゃん押しつけて、自分はショッピングだ海外旅行だって飛び回ってるお気楽奥さんじゃない。いいじゃないの、ママにはあたしがいるでしょ。静哉《しずや》さんと結婚して、ずーっとこの家に住んで、ちゃーんと送ってあげるから。兄さんなんかお婿にでもお嫁にでもさっさと出しちゃえばいいのよ」

「それもそうねえ……静哉さんと涼子ちゃんがいてくれたら、この家も安心よねえ」

「兄さんも、さっさといい人を見つけて、ママを安心させてあげなさいよね」

「――どうでもいいが、急いでいるんじゃなかったのか？」

津田はスプーンすりきり一杯のブラウンシュガーを入れたコーヒーを、ゆったりと味わった。涼子が腕時計を見てギョッとする。

「いやだ、遅刻！　行ってきます！」

「涼子お嬢さま、お夕食はどうなさいます？」

「あ、今夜は静哉さんと約束があるの。遅くなる」

「たまにはうちに連れてらっしゃいな。あなたも奎一郎さんも外食ばっかりで、ママ独りでお夕飯いただくの、寂しいわ」

「はいはい、今度の日曜にでも連れてくるわよ」

「あら、だめよ、日曜日はお花仲間のひとたちと歌舞伎に行くんですもの。土曜日にしてちょうだいな」

「土曜は出張なのよ」

「お嬢さま、忘れ物！」

ジャケットを羽織りながらバタバタと廊下を駆けていく涼子を、鞄を抱えた家政婦が慌てて追いかけていく。母親がそのあとから、ゆっくりと見送りに立ち上がる。——変わらぬ日常の朝だ。

いつものようにベッドで目覚め、いつもの新聞をいつもの順で目を通し、母と妹のよしなしごとを聞きながら、いつものコーヒーを飲む。テレビではいつものキャスターが天気予報を読み上げ、朝食ののったテーブルには初冬の爽やかな朝陽が射している。

絵に描いたような平凡。

この穏やかな日常が、津田のこよなく愛するものだった。

津田は変化を好まない。毎朝決まった時間に起床し、決まった列車で通勤し、午後五時まではアルコールを一切口にせず、仕事場では喫煙しない。

誰に強制されたわけでもない。彼にとってそれが正しい生活であり、そのために自らを厳しく律することを苦痛に思ったことはない。むしろ彼は、そのことに喜びを感じるタイプの人間だった。

アグレッシブな妹は「老人の生活」だと嘲弄《ちょうろう》するが、津田にいわせれば、変化や冒険は、人生に退屈しきった老人にこそ必要なものだ。

そして、彼の考えでは、平穏な日常には、規律と秩序こそが必要なのである。自堕落こそ最も罪深い。無駄な朝寝をする人間、時間を守らぬ者、陽の高いうちから飲酒に耽《ふけ》る者、それらを津田は深く軽蔑《けいべつ》している。

唐突に、あの悪趣味極まりないダイレクトメールのことが頭に浮かび、津田はいたく不愉快になった。

この近所には小さな子供のいる家庭も多い。あのような不健全なチラシを不用意にばらまくとは不届き極まりない。警察に連絡して厳重に注意させるべきだと思い立ち、だがすぐに、その考えを強く打ち消した。――自分には、なんら関係のないことだ。

子供のことはそれぞれの家庭で責任を持つべきであって、よしんば不道徳なダイレクトメールを目にすることがあったとしても、津田に関わりはない。まして責任を感じる必要などなにひとつないのだ。

そうだ。

関わり合いになるな。あのことは、一刻も早く記憶から抹消してしまうのだ。

そう結論づけ、津田は、今後こそ頭を切り替えるためにぬるくなったコーヒーをぐっと飲み干し、味噌汁《みそしる》の蓋《ふた》を取った。椀の中身は、彼の好きな大根と油揚げの味噌汁だった。

中央線の遅れで、その日の出社は、予定より三十分も遅い、八時四十分を回ってからだった。

いつもならば、まだひと気のない静かな社内で朝の一仕事を終え、一服している時間である。この吉田製薬《よしだせいやく》に合併される前にいた所でも、新入社員のときからずっと習慣を変えたことはない。時間を有効に使うのが津田の信条であり、誰もいない社内は仕事が捗《はかど》る。

しかし三十分の狂いで、今朝はすでにロビーに人が溢《あふ》れていた。

足早にエレベーターホールへ向かおうとした津田は、ロビーでふと足を止めた。受付のあたりに、何事か、ざわざわと人垣ができている。

「金井《かない》くん」

津田は、騒ぎの後ろから覗《のぞ》き込んでいた女性に声をかけた。秘書課のベテラン女性社員が振り返る。

「あ……室長。おはようございます」

「何事だ、この騒ぎは」

「ええ、あの……」

金井恵理子《えりこ》は珍しく云い澱《よど》み、ひそめた眉でチラ……と人々の中心を見遣《みや》る。

人垣をかき分けた津田は、そこで見たものに、白皙《はくせき》の面を顰《しか》めた。

ピンボードに、数枚の写真が貼《は》り出されていた。

一枚は、中年の男が若い女性の腰に手を回し、夜のラブホテルに肩を並べて入って行こうとする写真だ。もう一枚には、二人の顔がはっきりと写っている。男は津田も知っている顔だった。人事部部長、大泉《おおいずみ》だ。

「……女の子のほう、人事部の子だろ」

「中途採用で入ったばっかりでしょ？　手が早いわよね、あの部長」

「あの子、おれ狙《ねら》ってたのに。部長のお手つきじゃな」

「不倫でしょ？　やだ。不潔……」

津田はボードから写真を毟《むし》り取った。

振り向きざま、ジロリと辺りを見渡す。取り囲んでいた社員たちはシンと静まり返り、気まずげに三々五々、散っていった。

秘書課は特別フロアの三十二階にある。直通の高速エレベーターには、津田と金井の二人が乗りこんだ。

「合併後の人事異動、大泉部長の部長就任は妥当なものでしたけれど、部内では、いろいろと軋轢《あつれき》があったようですわ」

金井が階数ボタンを押して云った。

「第三製薬《だいさんせいやく》から彼がスライドされてこなければ、平野《ひらの》課長が順当に繰り上がっていたはずなんです。人事部に同期の友人がいるんですが、大泉部長と平野課長の間に挟まれて、ずいぶん悩んでいるようでした」

「あれは、平野課長の仕業か」

「推測ですが……おそらく」

「くだらんな」

津田は扉を向いたまま、冷たく吐き捨てた。

「優れた人間が妬《ねた》みの対象になるのはままあることだ。能力のある人間はそれを自覚すべきだ。あんな写真を撮られるような不用意な真似をするのは、自覚が足りない証拠だ。所詮《しょせん》、器ではなかったということだな」

「同感です。それに、女性のほうにも自覚が足らな過ぎます。同性として恥ずかしく思いますわ」

「この写真は、上から云ってくるまで君が保管しておいてくれ」

「承知しました」

女性社員はおそらくリストラの対象にされるだろう。大泉にもしかるべき処分が下されるのは間違いない。

くだらんことだ。津田は、オレンジ色の階数表示を見つめて鼻を鳴らした。

妻以外の女を囲うことが悪いとは云わない。モラルに反した行為ではあるが、仕事のストレスを女で紛らわしたいこともあるだろう。津田とてそこまで聖人君子を気取るつもりはない。現に、津田が秘書として仕えてきたトップたちに、愛人を持たない男は一人としていなかった。

だが彼らは同時に、それを隠蔽《いんぺい》する能力にも長《た》けていた。つまり、出世がしたければ、常に鼠《ねずみ》のような用心深い行動と、周囲の妬みに対して要領よく立ち回り、時として友をも出し抜く狐《きつね》のような狡猾《こうかつ》さ、そして、虎のような大胆さが必要なのだ。同じ第三製薬からのスライド組とはいえ、大泉の不用意さは、同情には値しない。

堕《お》ちるべき人間が堕ちた。それだけのことだ。

「室長、おはようございます」

オフィスに赴くと、課で一番若い杉本《すぎもと》という女性が、膝丈《ひざたけ》のタイトスカートで椅子に上り、すんなりした脚線美を惜しげもなく曝《さら》して窓を拭《ふ》いていた。掃除好きな女だ。毎朝、ああして津田のオフィスの窓を拭いている。

短いタイトスカートでやりにくそうに椅子を上り下りするのを見るにつけ、いっそズボンかモンペでも用意してきたらどうかと注意したくなるが、一度も口に出したことはなかった。女性の服装に口出しすることは、セクハラに問われかねないからだ。

津田は、おはよう、とそっけない挨拶《あいさつ》を返して、その横をすり抜け、デスクにアタッシェケースを置いた。

一方、杉本奈緒《なお》はスカートを気にしながら椅子を下り、色気のある脚をヒールに差し入れた。ストラップを留める素振りで、マニキュアの指でスーッと脹《ふく》ら脛《はぎ》を撫《な》で上げながら、チラ……と秋波を送る杉本に、しかし、津田はまったく気づいていない。コートを脱ぎ、ハンガーに掛けて肩の埃《ほこり》を払っている。

「今朝はゆっくりなんですね？」

「ああ。中央線が事故でストップしたんだ」

空調まで止まってしまったらしく、初冬だというのにやけに蒸し暑かった車内を思い出し、津田は眉をひそめてネクタイのノットを直した。

彼が早めに出社するのは、通勤ラッシュを避けるためでもある。密閉された空間で他人と膚《はだ》を密着させる満員電車は、いささか潔癖症のきらいのある津田には耐え難い空間だ。

「室長も中央線沿線にお住まいなんですか？　あたし吉祥寺なんです。偶然ですね」

「そうだな」

「うちの近くに安くておいしいタイ料理のお店があるんですよ。友達とよく行くんです。室長、辛いものお嫌いですか？　あの、よかったら今度、ご一緒しません？　お仕事のこととか、いろいろ室長に相談に乗ってもらいたいことがあるんです」

顔の前で組んだ指を、羞《は》じらうようにもじもじと動かしながら、入念にマスカラを塗ったまつ毛で上司を見上げた杉本は、硬直したような、奇妙な眼差《まなざ》しで机上をじっと見つめている津田に、小首を傾《かし》げた。

きちんと整頓された机の上には、彼宛の赤い封筒が一通置いてあるだけだ。

「……室長？」

津田はハッと目を上げた。

部下が怪訝《けげん》そうに彼を覗き込んでいる。津田は素早く封筒を掴むと、一番上の抽斗《ひきだし》に放り込んだ。

「あ、ああ、そうだな。以前から興味を持っていた」

「ホントですか？　じゃ、今日の帰り、いかがですか？」

「ああ」

「嬉《うれ》しい！　じゃあ五時半に、地下の〝カフェ・フランボワーズ〟で待ってますね。楽しみにしてます」

お堅いエリート上司と初めてデートの約束を取りつけて顔を輝かせる彼女の、うきうきとした声は、しかし、津田の耳には入っていなかった。

心臓が破れそうなほど波打っていた。手の平にじっとりと冷たい汗が噴き出している。

なぜ、だ。

なぜ、あれが、ここにあるのだ。

部下が出て行くと、もどかしいほどゆっくりとドアが閉じるのを待って、津田は、小刻みに震える手で抽斗を開けた。

津田奎一郎様親展、と表書きされた赤い封筒。

それは紛れもなく、このところ毎朝、家の郵便受けに入っていた、あのダイレクトメールだった。

今月初めのある朝のことだ。

小雨が降っていた。傘を差すほどでもないこぬか雨だ。小走りに門へ出て郵便受けの新聞を取り、すぐに母屋へ戻ろうとした彼の足もとに、ひらりとなにかが落ちた。

挟まっていたチラシが落ちたのだろうと思った。しかし拾い上げたそれは、差出人の名も切手も消印もない、一通の赤い封書だった。

「はい。封筒を置いたのは、確かにわたしです」

杉本奈緒は、問い質《ただ》すまでもなくあっさりと認めた。

「守衛室の郵便受けに入ってたそうなんです。今朝、守衛さんに呼び留められて、渡してほしいって頼まれたので……」

親展文書は開封せず、本人に届ける。社内マニュアルに沿って行動したはずだ。自分はなにも悪くないはずなのにどうして詰問を受けなければならないのかと、杉本は少し不安になっている様子だった。

「……あの……なにがいけなかったんでしょうか？」

「いや。君を責めているわけじゃない。差出人の名前がなかったので事情を聞きたかっただけだ」

「朝、交代の守衛さんが、朝刊と一緒に手紙が入っているのに気がついたそうです。室長のお名前は知っていたので、秘書課のわたしに預けていいですかって……」

「……そうか」

津田は溜息をつき、封筒を机の上に置いた。

「わかった、ありがとう。仕事に戻ってくれ」

「はい。あの、津田室長。今夜、楽しみにしてますね」

「ああ……」

上の空で返事をして、彼女がオフィスを出て行くとすぐに守衛室に電話をかけた。

守衛は毎朝七時に夜番と交代する。そのとき既に封書が投函されていたとすれば、守衛がX《エックス》——手紙の差出人の顔を目撃した可能性はゼロに近い。念のため封書を見つけた本人に確認すると、やはり誰も見ていないという。

ゆっくりと受話器を戻した津田は、机に肘《ひじ》をつき、顔の前で両手を組み合わせた。

視界にいやでも赤い封筒が入ってくる。

自宅に届いたものには宛書がなかったが、この封筒は印字されていた。ワープロかなにかを使ったのだろう。

誰が。なんの目的で。

自宅の住所や勤め先の所属部署まで調べ上げてこんな悪戯《いたずら》をすることに、いったいなんのメリットがある。

——悪戯？

津田は組んだ指にグッと力をこめた。

違う。これはただの悪戯ではない。

机上に置いた封筒を睨み下ろす。

脅迫。

鳩尾《みぞおち》に冷たいものが広がる。真綿で首を絞められるような息苦しさを感じ、無意識に喉をさすっていた。

社内の人間なら、住所を調べるのは難しいことではない。手紙を守衛室に投げ込むことも。

表立っては平和そのものだが、この秘書室にもまったく軋轢がないわけではない。吸収合併された第三製薬から、この若さで本社の秘書室長に抜擢《ばってき》された津田を妬む者は少なくないはずだ。

一貫教育の名門私立から東大にストレートで合格し、一部上場の製薬会社に就職、生まれながらエリート街道を進んできた津田にとって、周囲のそねみ、ひがみは子供の時分から馴《な》染《じ》みのものだ。それは結果的に、自分は選ばれた特別な人間なのだという選民意識を津田に植えつけた。

だからこそ、これまで一度たりとも道を踏み外したことはなかった。敵につけ込まれる人間は三流だ。津田の人生に、後ろ暗い点はひとつとしてない。

もしただ一点を見つけるとしたら、それは——

津田は、組み合わせた両手の手指に、額をこすりつけた。

封印したはずの記憶が揺すり起こされる。総毛立つほどおぞましい、あの夜の記憶が。

——いや。

津田は強くかぶりを振り、その考えを否定した。

そう決めつけるのは早計だ。まだはっきりと決まったわけではない。下手に先走ればかえって自らの首を絞める結果を招きかねない。相手は、津田が罠《わな》にかかるのを手ぐすね引いて待ち構えているだけかもしれない。

だが——

皮膚にグッと爪が食い込む。

もし——もしも、あの現場を、何者かに写真に収められていたとしたら——？

もしそれが、今朝の二人のように、人前で曝《さら》されるようなことになったら——？

「室長？」

思わず声を上げそうになった。

ガバッと顔を上げた津田の前に、彼よりもさらにびっくりした顔をして金井が立っていた。ファイルを抱え、目を瞬《しばたた》かせている。

「も、申しわけありません。何度かノックしたのですが、お返事がなかったので……」

「あ……ああ。すまない。考え事をしていた。……用件は？」

「あ、はい。先ほど柴田《しばた》常務から、金曜日のA商事主催のゴルフコンペに参加したいので取り計らってほしい旨、お電話がありました」

「またあの人か」

思わず舌打ちが出た。

ゴルフコンペのエントリーはとうに締め切って、すでに組合せも決まっている。先週常務に再確認した際には不参加という返事が来ていたはずだ。

「柴田常務は気まぐれな方ですから。以前からよくあることですわ」

「スケジュールの調整は？」

「問題ありません。コンペの日は常務が出席する会議がありますが、それは翌日午前中に回せます」

「午後にできないか？　常務のことだ、コンペで張り切りすぎて翌朝は筋肉痛で起き上がれないだろう」

運動不足の役員連中にはままあることだ。パソコンでスケジュール管理画面を開いて確認すると、幸い会議は午後に回せそうだった。

「十五時に空きがあるな。会議はこの時間で調整してくれ。コンペのことはA商事にわたしから電話を入れて頼んでおくから、君は各方面の調整を。サウナとマッサージの予約も一緒に頼む」

「はい。あの……どこかお加減が？　お顔が真っ青ですわ」

「いや。気にしないでくれ。昨夜遅かったので、そのせいだろう」

「そうですか？　大事になさってくださいね。室長がいらっしゃらないと、うちの課は回りませんから」

「わたしがいないくらいで業務が滞るようでは困るな。君の意識はもっと高いと思っていたが」

金井がはっとしたように頬《ほお》を染めた。

「申し訳ありません」

「わたしはこれから社長のお供で外出する。戻りは午後になるから、後のことは頼む」

「承知しました」

電話が鳴った。金井が素早く受話器を取る。

「秘書室長室です。……失礼ですが、お名前とご用件を……少々お待ちください」

アタッシェケースを持って立ち上がりかけた津田に、保留にした受話器が差し出される。

「外線に、草薙《くさなぎ》さまからお電話です」

「草薙……？」

津田は軽く眉をひそめた。覚えのない名だった。

「よろしければ、用件をうかがっておきましょうか？」

「いや、いい。君は仕事に戻ってくれ。——お待たせしました、津田です」

受話器を顎《あご》下に挟み、パソコンの画面を切り替えてＶＩＰリストを呼び出す。その間にも目まぐるしく脳内の記憶バンクを検索する。

旧第三製薬はもちろん、吉田製薬の取引先、重役の愛人の名前まですべて頭に入れてあるはずだが、もし大切な取引先の人間だとしたら、記憶にないではすまされない。仕事相手の名前と顔を完璧に記憶しておくのは、秘書の最重要業務だ。

「やれやれ……やっと繋《つな》がった」

下腹に響くようなバリトンが、受話器の向こうでのんびりと云った。

津田は訝《いぶか》った。声に聞き覚えがあるような気がしたが、こんなふうに馴れ馴れしい話し方をする人間は、取引先の相手であるはずがない。

「失礼ですが、どちらの草薙さまでしょう？」

そろそろ出なければならない時間だ。やや苛立《いらだ》ちながらつっけんどんに尋ねる津田にお構いなしに、男は砕けた調子で勝手に話を続ける。

「いやはや、取り次ぎの受付嬢と二十分も押し問答しちまったぜ。所属と名前を明かさなきゃ電話も繋いでもらえないっつーのは、でかい会社ってのは不便だな。この分じゃ、デートに誘うには履歴書がいりそうだ。身長と年収も云おうか？」

「失礼ですが――」

「まあ、そうとんがった声出すなって」

面白がるような声。

「一八八センチ、年収はまあ、週に二、三回、歌舞伎町で朝まで飲んだくれて財布に二千円残る程度だな。贅沢《ぜいたく》しなきゃ年に一度は河豚《ふぐ》も食える」

「なんの話を……」

「デートの誘いにいるんだろう？　もっとも、おれたちは初対面じゃないが」

「……」

受話器を置くかどうか逡巡《しゅんじゅん》する津田の不快な表情が見えているかのように、相手は、愉快そうな息を漏らした。

「覚えがないか？　そいつは残念……お互い、生涯忘れがたい出逢《であ》いだったと思ってたんだが。ま、無理もないか。なにせあんときは、声と指だけのつき合いだった」

この声――！

津田は戦慄《せんりつ》した。音を立てて血の気が引いた。受話器を取り落としそうになった。

深みのあるバリトン。人を食ったような、のんびりとしたイントネーション。

あの男だ。

「あの後はどうした？　自分でほどくのは大変だったろ。ずいぶんガチガチに縛っちまったからな」

あの男だ……！


銀座での会食をすませ、ほろ酔いの社長を社用車に乗せて見送ると、津田は晴海通りでタクシーを拾った。

「ヒルトン……」

短く告げ、バックシートに沈み目をつむった。初老の運転手は無口で、道順を尋ねると後はなにも話しかけてこなかった。

ずくん、ずくん、とこめかみが疼《うず》く。胃が痛んだ。今にも吐きそうだった。

いったいなぜ、こんなことになったのか――

「貴様か……」

舌がもつれ、声が震えた。

頭がガンガンした。受話器を握りしめた手がわなわなと震えた。

「貴様が、このふざけた手紙の差出人か……！」

あの男だ。あのときの男だ。

社長令嬢の婚約披露パーティ。津田は何者かによって身体の自由を奪われ、辱《はずかし》めを受けた。

あの屈辱と憎しみは、今の今まで一時たりとも忘れたことはない。

目隠しをされていたために、津田が知っているのは男の声だけだ。よく通るバリトン。からかうような声音《こわね》。いまでもはっきりと耳の奥にこびりついている。第一声で気づかなかった己の不覚を、津田は呪《のろ》った。ギリギリと奥歯を噛み縛る。

「おれのラブレターはお気に召さなかったか？」

煙草の煙を喫《す》ってゆっくりと吐き出しているような、苛立たしい間が空いて、男の声がのんびりと返ってくる。

「これでも色々と吟味厳選し送ったつもりなんだが」

「ふざけるなッ！　いったいなんのつもりだ。なにが目的であんな――」

荒げかけた声を、ハッとしてひそめた。隣室には部下たちがいる。

「目的ねえ……」

のんびりと、男のバリトン。

津田はごくりと唾液を飲み込んだ。

「……金か」

「金ねえ……」

また、煙草を喫う間が空いた。苛立った津田が再び口を開きかけたところに、男が云った。

「ひょっとしてあんた、今日届いた分、まだ開封してないな？」

津田は手もとを見た。

「どうせ卑猥《わいせつ》なチラシだろう。わざわざ開けてみる必要はない」

「ふぅん？　そりゃ失礼……好きそうなのを選んだつもりだったんだが。ちとマンネリだったか」

「そんなことはどうでもいい。さっさと用件を云え！」

「怒鳴るなよ。最近の携帯は感度がいいんだ。おれのデリケートな鼓膜が破れちまう」

男はのんきに云って、また間を空けた。今度は煙草の煙をふーっと吐き出すのが、はっきりと聞こえた。

「二十時。２３０８」

「え……？」

「ヒントはその封筒の中だ」

電話は一方的に切られた。

謎《なぞ》かけを解くのは簡単だった。なぜなら、封筒に入っていたのはいつものチラシではなく、新宿にある高級ホテルのカードキーだったからだ。

二十時。２３０８号室。

津田はアタッシェケースの上でグッと両手を組みしめ、ゆっくりと目を開けた。車窓に新宿の街並みと、強張《こわば》った自分の顔が映っていた。

写真か、ビデオか、録音テープか。どんなネタを握られているにせよ——いや、たとえ証拠品がなかったとしても、Xの要求を飲まざるを得なかった。そんな噂《うわさ》があるというだけで、充分に失脚の要因になり得るのだ。いかに津田が上層部に目をかけられているからとはいえ、だからこそ些細《ささい》なスキャンダルが命取りになる。

プロの強請屋《ゆすりや》ならば、津田家が相当の資産家であることは、とうに調べをつけているだろう。一年前他界した父がかなりの遺産を遺《のこ》していることも。

タクシーの運転手が尋ねた。

「お客さん、この先工事渋滞ですね。時間かかりますが、迂回《うかい》しますか？」

まだホテルまでは距離があったが、津田はタクシーを降りた。ビル風が冷たい。肩を竦《すく》めるようにして足早に交差点を渡る。オフィス街はほとんど灯《あか》りが落ち、路上にはあまり人影はなかった。

Xを手引きしてパーティに潜り込ませたのは、おそらく木下《きのした》だ。いつもびくびくと人の顔色を窺《うかが》っているような卑屈な男。どうしてもあの男は虫が好かない。このわたしがあんな男のせいでと考えると、腹の底から怒りがこみ上げてきた。

木下への怒りは、かえって頭を冷静にさせた。エントランスの回転ドアをくぐる頃には、津田はすっかり自分を取り戻していた。

恐れることはない。強請や恫喝《どうかつ》の類《たぐい》は社長秘書として幾度も直面し、切り抜けてきた。総会屋の撃退法、対応マニュアルも頭に叩《たた》き込んである。

相手のペースに乗らない、弱腰にならない、無駄な挑発はしない。要は、相手の云いなりにならないことだ。

高慢そうにわずかに顎を上げ、颯爽と横切ってゆく美しい男に、ロビーの注目が集まった。

エレベーターホールに、背の高いビジネスマン風の男がいた。ありふれた紺色のスーツに、高級そうな革のブリーフケースを提げている。

津田は一瞬緊張を走らせた。が、男はエレベーターから降りてきた水商売風の若い女と腕を組んで、ラウンジのほうへ行ってしまった。津田は小さく息をついた。エレベーターの階数ボタンを押す。高速エレベーターがあっという間に二十三階へ彼を運んだ。

ドアチャイムに返答はなかった。

受け取ったカードキーを使った。

金色のノブを回す。ゆっくりとドアを開けた津田は、その場に凍りついた。

照明を絞った薄暗い部屋の中ほどに、スーツの若い男が一人、座っていた。

赤い布で目隠しをされ、両脚をこちらに向かって大きく割り広げている。背中に回した腕は拘束され、さらに両腿も、赤い紐で、閉じられないよう肘掛けにぎっちりと括り付けられていた。

津田は総毛立った。膝ががくがくと震えた。

縛られた青年の姿——それはまさに、津田があの夜、何者かの手によって受けた屈辱のシーン、そのままだったのだ。

後ずさろうとした背中が、なにかにドンとぶつかった。

とっさに振り返ろうとした津田の両手首は、素早く背中に捩《ね》じ上げられた。

アタッシェケースがどさりと足元に落ちる。

「しーっ……」

叫び声を上げかけた唇の前に、男が、煙草の匂いのする長い指を立てて、そっと封じる。

津田も小柄なほうではない。だが相手はさらに上背があり、一回りも体格がよかった。酩《めい》酊《てい》を誘う体臭――染みついた煙草の匂《にお》い。津田は、呪文にかかったように声を飲み込んだ。

室内にはもう一人、黒ずくめのがっちりとした男がいた。

男は薄闇からぬうっと現われると、中央の椅子に近付いていった。

視覚と体の自由を奪われ、怯《おび》えたウサギのように体を縮こめている青年の背後に回る。薄暗い部屋では、男の顔は五十代にも、また二十代のようにも見えた。

男は、手にした白い筆で、青年の顎下を耳に向かってそっと撫で上げた。

「ひっ……」

不意打ちの刺激に、青年の縛られた体がビクッとのけぞる。津田もビクッと身じろいだ。

しかし両足は、縛られたように床から一歩も動かなかった。

「声を出すな」

男がだみ声で低く云った。いや――命じた。

声もなく青年が頷《うなず》くと、男はその顔に筆の尻をグッと押しつけた。肉づきの薄い頬が苦しそうに歪《ゆが》む。

「なんだ、その返事は。返事の仕方は教えてやっただろう？　ええ？　もう忘れちまったのかあ？　まったく覚えの悪い奴隷だな」

「ご、ごめんなさい……」

男は、今度は手の平でその頬を張った。ピシッと小気味いい音が響く。津田は思わず顔をそむけた。自分を殴られたように感じた。

「どうした」

津田の手首を捉《とら》えた男が、耳のすぐ近くで囁《ささや》いた。下腹に響くバリトン。耳朶《みみたぶ》をくすぐる吐息とからかうようなその美声に、津田はゾクリと戦慄した。

「そら……目を開けてちゃんと見ろよ」

「あ……」

大きな片手で、うなだれた細い頤《おとがい》を掬《すく》い上げ、二人のほうに捻《ね》じ曲げる。

聞き覚えのある声だと、その声こそ津田自身をここに誘い込んだ男だと、気付く余裕はいまやなかった。異様な興奮と、頭蓋骨《ずがいこつ》の中で反響する激しい心音が、津田から正常な思考力を奪っていた。

またビシッと頬を張る音がした。

「また間違えたな？」

「も……申し訳ありません、お許し下さい、ご主人様」

「そうだ。それでいい。ちゃんと云えるじゃないか」

男は、喘《あえ》ぎながら言葉をくり返す奴隷の髪を、彼を殴ったその手で優しく撫でてやる。

「いい子だな。痛かったか？」

「はい……」

「本当に？　気持ちよかったんじゃないのか？」

「そ、そんな……」

「本当は気持ちよかったんだろう？　テント張ってるじゃないか」

「あ、ああ、やめて、そんな……そんなっ……」

切なげな喘ぎ声に、とうとう津田は目を開いてしまった。

男の筆の尻が、スラックスの上からでも分かるほど形状が変わってしまった股間を、撫でたり強くこすったりと何度も刺激していた。青年はそのたびに腰をよじらせ、顎をのけぞらせて耐えている。宙を向いた爪先が、物言いたげに何度もそり返る。

「正直に云ってみろ。本当は感じたんだろう？」

「う……うう……」

じれったい責めに、とうとう、感じました……と切なげな声が応えた。

「誰が許した」

ビシッと頬が鳴る。青年はぐったりとなった。細い肩がハアハアと激しく上下している。

「まったく、はしたないやつだな。叩かれただけで射精しちまう淫乱には、殴っても仕置きにならん。こっちの手が痛くなるだけ損だ」

「ご、ごめんなさい……」

「やれやれ。それにしたって、一流銀行にお勤めのエリートさんが、こんな変態のマゾだとはなあ。こんなカッコして恥ずかしくないのか？　ええ？　お客様の前じゃ、東大出のエリートでございますって顔ですましてるんだろう？」

「い、云わないで……それは云わないで下さいっ……」

「気取るなよ。マゾのエリート銀行員さん」

青年はあまりの屈辱にすすり泣いている。

男はテーブルの上から、革の拘束具を取り上げると、剝《む》き出させた青年のペニスにそれを装着した。

小さなコルセットのような形状だ。男が根元から順に紐を締めはじめると、おとなしかった青年が急に抵抗しはじめた。

「いやっ……それはいやだっ……いやです、いやなんです、許してっ」

「なぜいやなんだ？」

「つ……つらいです……すごくつらいんです」

「ばか。つらくなかったら仕置きになるか」

「ううう……」

「暴れた罰がいるな」

ズボンを膝まで下ろし、肉の薄い尻を押し拡《ひろ》げて、ビー玉がいくつも繋がったようないやらしい器具を、蕾《つぼみ》に捻じ込んでゆく。入るはずがない……と思った異物は、やすやすと青年の体内に飲み込まれていった。

「う……うむ……」

青年の形のいい鼻から溜息が漏れる。津田の呼吸も乱れた。まるで自分の体内に挿入されたような圧迫感を感じていた。

額に汗が滲む。思わず喘ぐように開いた唇を、背後から顎を捉えていた男の指が、高級なワイングラスの縁を辿《たど》るようにツ……と撫でた。津田は吐息をついて首をよじった。

目の前の男が、スラックスの前を緩め、自身を取り出した。凶器といってもいいほどの、ずっしりと重量のある砲身だった。

青年の前髪を摑むと、頬にすりつけた。

「これはなんだ？　云ってみろ」

「……ご……ご主人様です……」

「おれの、なんだ？」

青年はごくりと生唾を飲み込む。津田の喉もごくりと上下した。背中に汗が噴き出していた。

「ご主人様の、×××……です……」

津田は身震いした。青年の顔は布に隠れてほとんど見えないのに、津田には、彼の被虐に酔った表情がありありと想像できた。

男が先走りをぬるーっと青年の頬になすりつける。青年の唇が酸素を求めるようにわななないていた。

「舐めたいか」

「はい……舐めたいです」

「男のマラを舐めるのが好きなのか？」

「そ、そうです。好きです。どうかご主人様のマラを下さい。いやらしい奴隷にご奉仕させて下さい」

「よし。ご奉仕しろ」

青年は男の肉棒にむしゃぶりついた。舌腹に唾液をたっぷりまぶし、ずっぽりと深く咥え込んで、愛《いと》しげに奉仕する。

「よしよし……うまくなったじゃないか。ご褒美をやろうな」

「いィッ……」

青年の腰が跳ねた。男が前髪を摑んでさらに腰を捻じ込む。

「続けろ」

「い、いや、あう、止めて、とめてくだ、さ……うんっ、アア、あうんっ」

「休むな。休んだらもっとひどいぞ。ひどくされたいのか？」

男の片手には小さなリモコンが握られていた。男はそれで青年に嵌《は》めたバイブレーターに信号を送っているのだ。

「だ……だめ、もうだめ、ダメ、イイ、イク、いっちゃうっ」

「だめだ。我慢しろ。勝手にいったらひどいぞ。それでもいいのか？　え？」

「ウウ、ウウウッ……」

「このド淫乱。しっかり咥えるんだよ」

青年は腰をもじつかせながら必死で口を開け、男を咥えようとする。涙か汗かわからないもので頬がぐっしょり濡れていた。口から肉棒が弾むようにこぼれ、ぴたぴたと頬を打つ。顎に涎《よだれ》が滴る。

呼吸も忘れて、食い入るように二人を見つめていた津田の耳朶を、背後の男が、頑丈な歯で柔らかく噛んだ。爪先までビリッと電流が走った。

「いっ、いいっ、あう、ゆ、許して、許してっ……イイィッ……」

一際高い声を放って、青年が胸を大きくそり返らせた。

白い喉から腹にかけてのラインが硬直し、痙攣《けいれん》しながらぐったりと弛緩《しかん》する。大量の汗で貼りついたワイシャツの下に、小さなリングで串刺しにされた乳首がツンと尖っていた。

「お帰り、兄さん。静哉さんが来てるのよ。一緒にお茶しない？」

リビングから声をかけた涼子に返事もせず、津田は玄関からまっすぐ、奥の私室に駆け込んだ。

背中でピシャリと襖《ふすま》を閉め、すべての窓のカーテンを片っ端から閉めた。手がわなわなと震え、レールから外れて布がぶら下がった。

「どうしたのよ、兄さん？　静哉さんが兄さんの分もケーキを……」

「うるさいッ！　入ってくるな！」

廊下でキャッと涼子の悲鳴があがる。テレビのリモコンが襖に当たって落ちた。

「な、なによっ……物を投げることないでしょっ！」

「なにを騒いでるの、奎一郎さん？　静哉さんが見えてるのよ。ご挨拶くらいなさいな」

「いいわよ、ほっときましょママ。まったくもう、なにが気にくわないのか知らないけど、妹に八つ当たりするなんてサイッテー！」

「まあ……せっかくケーキ頂いたのにねえ」

津田は机に両手をついた。女たちの足音が遠ざかる。

完全に物音がしなくなるのを待って、彼の手は書棚の隅に伸びた。辞書ケースの中から、プラスチックのフィルムケースを取り出す。手が震え、キャップはなかなか開かない。ようやく取り出した鍵で、机の抽斗を開けた。

抽斗には、古い経済誌のファイルがぎっしりと詰まっている。

その中から、香港華僑と書かれたファイルを抜き取った。

表紙を開くと、B4サイズの卑猥なカラーチラシが十数枚、バサバサと畳に落ちた。その上に、赤い縄で緊縛された美しい青年のカラー写真が、最後にひらりと落ちた。すべて、あの男が送りつけてきたチラシだった。津田は這《は》いつくばってそれらをかき集めた。そして残らず引き裂いた。縛られた青年の恍惚《こうこつ》とした顔も、性能が子細に紹介された淫具も、もとの姿を想像できなくなるまで破いた。

玉のような汗が額に噴き出していた。

ハアッ、ハアッ、と獣のような息が密室に籠《こも》る。

津田は畳に座り込んだまま、ゆるく頭を振った。その手はスラックスの上から股間を握りしめていた。下着の中は、自分の精液でまだぬめっていた。

──見てるだけでお漏らししちまったのか？

「ち……がう、違《わり》う、ちがう……」

──お行儀が悪ィな。おれの奴隷ならお仕置きだ。

「い、いやだ……あ、あぁっ……」

——それとも、お仕置きしてほしいのか？　え？

「アァッ」

津田は額を畳にこすりつけるようにして、果てた。どろりとした熱い液体が下着に重たく溜まった。片手はチラシの残骸を固く握りしめたままだった。

荒い呼吸が次第におさまると、アルミのゴミ箱に破れたチラシを突っ込んだ。そしてその中にライターの火を投げ込んだ。すぐにオレンジ色が燃え上がった。

右手を濡らした精液が乾きはじめていた。畳にぺったりと尻をついたまま、津田は、うつろな眸でぼんやりと炎の揺らめきを見つめていた。


「おはよう、兄さん」

いつもの時間に朝刊を持ってダイニングに入って行くと、涼子が鼻唄まじりで朝食をテーブルに並べていた。

「今日のおつけは蜆《しじみ》よ。兄さん、ここんとこ接待で飲み疲れしてるでしょ。蜆は肝臓にいいんだって。はい、コーヒー。薄めにしておいたからね」

「ああ……」

津田はバサバサと朝刊を広げた。

今朝も赤い封筒は入っていなかった。

「気にしなくていいわよ」

自分のサラダにドレッシングをかけながら、涼子はさらっと云った。

「え？」

「だから、昨夜のこと。機嫌が悪かったんでしょ？」

兄のサラダにもドレッシングをかける。

「ま、品行方正な兄さんだって、たまにはフラストレーション発散させなきゃね。溜めとくのは体によくないのよ。兄さん、ちゃんとエッチしてる？」

「……嫁入り前の女が朝食の席でする話題じゃないだろう」

ジロッと睨みつける兄に、おーこわ、と行儀悪く肘をついて、サラダフォークをぶらぶらと揺らしながら首を竦める。

「おはよう、涼子ちゃん、奎一郎さん。二人とも早起きさんねえ」

和服姿の母が、あくびをしながらトントンと二階から下りてきた。家政婦が津田の隣に熱い緑茶を用意する。

「早起きじゃないわよ、ママ。ジョギングはどうしたの」

「ああ、あれ。やめたの」

「やめたあ？　もう？」

「ああいう走り回るだけのスポーツって、ママには向いてない気がするの。体はあっちこっち痛いし、脚が太くなっちゃいそうだし。それにテレビでやってたんだけど、冬の紫外線もばかにできないんですって。シミになったら大変だもの」

「もーう。どーしてそう飽きっぽいのよ。スキーもアートフラワーも三日ともちやしないじゃないの。だいたいママはねえ……」

「だあってえ……」

いつもの朝だった。

かしましい女たちの会話。テーブルにこぼれる柔らかな朝陽。湯気を立てる食卓。清潔な白いテーブルクロス。

穏やかで、平凡な、津田のこよなく愛する日常。なにひとつ変わらない朝。

にわかに、安堵が胸に広がった。

そうだ——世界はなにも変わってはいない。

何人たりともこのささやかな幸福を侵すことなどできはしない。

——変えさせはしない。誰にも。

津田はコーヒーを口に運んだ。砂糖を入れ忘れたコーヒーは、やけに苦かった。

その朝も中央線の遅延に祟られた。

辟易《へきえき》するような満員電車に揺られ、始業十五分前にエレベーターに滑り込むと、金井と一緒になった。

「大泉部長の不倫の件、今日にも処遇が決まるそうですわ」

「そうか」

「女性のほうは、昨日付けで辞表を提出したそうです。金沢の実家に帰ってお見合いをすると云っていました」

「詳しいな」

「人事部にいる同期って、彼女なんです」

金井はまっすぐ前を向いていた。津田はなにも云わなかった。

室長室では、いつものように杉本奈緒が窓を拭いていた。

「昨日、残念でした……社長のお供だったんですね」

「ああ。銀座でF会系病院の理事長と会食だった」

机の上にもあの手紙はなかった。ほっと息をつき、コートを脱ぐ。内ポケットに入れてあった携帯電話が鳴った。

ポケットに手を入れた指先が、カサリとなにかに触れた。

「……杉本くん」

昨日の埋め合せにうまいイタリアンにでも連れていこう。そんな甘い台詞《せりふ》を期待して、杉本は笑顔で振り返った。

「なんですか、室長」

「ここはもういい。戻りなさい」

「あ……はい……」

部下が渋々と椅子から降り、オフィスを出て行くのを待って、津田は手に触れたものをポケットから引き出した。

携帯電話と一緒に入っていたのは、赤い封筒だった。

震える指で封を切った。

中身は薄いプラスチックのカードキーだった。昨日と同じホテルの名前が入っていた。

津田は崩れるように椅子に座り込んだ。

あの男の声が、耳もとで嗤《わら》ったような気がした。

あとがき

新装版「TOKYOジャンク」第二巻をお届けいたします。
新書版の出版順から並べると二巻は「Dの眠り」ですが、実は本作「誰よりも君を愛す」(「オンリー・ユー」改題)のほうが、初出も作中の時系列的にも先になります。当時、諸処の理由で収録順が入れ替わってしまったので、今回の文庫化にあたって、主軸となる作品については、できるだけ時系列に沿って並べ直すことにしました。

一巻のあとがきにも記したように、TOKYOジャンクシリーズの初出は約十六年前。作中の時代もそれに合わせ、一九九〇年代中頃が舞台になっています。
消費税率3%、携帯電話を誰もが持っているのが当たり前になるずっと前という時代。もちろん携帯メールもありません。当時を知っている方には懐かしみつつ、知らない方には少し昔の東京はこんなだったんだなーと思いつつ、読んで頂けると幸いです。

さて、表題作「誰よりも君を愛す」は、短編を除くシリーズ作中、一番まったりとした平和な話だと思います。その証拠に、なんと、誰も死にません(笑)

それにしても、手直しを入れながら、前回以上に恥ずかしくて七転八倒。学園祭やら女装やら、当時はめいっぱい頑張って「学園モノ」をしようとしていたようです。文章のテンポも今とはずいぶん違っていて、しっくりこなくて削った部分がなぜか更にしっくりせず、結局また元に戻してみたり。なかなか手こずりました。

あいかわらず攻の貴之は活躍せず、主人公は他の男とばかり動き回っていますが、実はこれはちょっとした理由があります。それについては、またいずれお話ししますね。

最後になりましたが、いつもご苦労をおかけしてばかりのルチル編集部のF様、シリーズ執筆に当たりお世話になった各社担当者様、今見てもうっとりするほど素敵なイラストを描いてくださった如月弘鷹先生、そして、いつも応援し支えて下さる読者の皆様に、心から御礼申し上げます。

三巻は「Dの眠り」。似非サスペンス路線に戻ります。事件も少しヘビーです。事件とともに、主人公が少しずつ成長していけるかどうか、見守っていただけると幸いです。

次巻もお手にとって頂けますように。それではまた。

二〇一一年　初春　ひちわゆか

LITTLE LOVER

岡本柾《おかもとまさき》、高校進学の四月から、二人の攻防戦は、スタートしたのだ。

1

「あ……貴之《たかゆき》っ……」

汗でぬめる背中、背骨に沿って、キスがだんだん下へ降りてく。ときどき痛みを伴うほど強く吸われ、ぞくんと震えが走る。

貴之の唇がもたらす、やけつくような快感は、シーツに埋れた器官をダイレクトに刺激して、治まりかけたはずの官能をかき乱す。腰の辺りでキスは折り返し、肩甲骨《けんこうこつ》を掠《かす》めて、耳の下のやわらかな皮膚にそっと咬《か》みついた。

「あっ……」

柾の唇から、こらえきれず、掠れた吐息が漏《も》れた。

健康的に陽焼けした背中を撫で回しながら、質のいいテノールが、からかうように囁《ささや》く。

「すごいな、柾のここは……。何回感じれば治まるんだ？」

「ああっ」

笑いを含んだ声と一緒に、大きな手が、股間をきゅうっと包み込む。絶妙のタッチ。柾の弱いところばかり責め立てる、よく動く長い指。

「やだよ、もうっ……」

「ん？　ほら……ぬるぬるしてるぞ」

「もー……やだ……。やだよぉ……」

耳朶《みみたぶ》と性器、同時に与えられる強い刺激にびくびくと体をしならせて、柾は、おぼつかぬ目つきで年上の恋人を睨みつけた。

「もう勘弁してってばっ……」

「こんなにしたままで眠れるのか？」

「あっ、やっ。やだやだっ」

「楽にしてあげるだけだよ。いい子だ……じっとしておいで……」

「や……っ」

割り拡《ひろ》げた両脚の間に、ゆっくりと頭を埋める。もたらされた強い刺激に背中をしならせ、柾は、摑んだ枕で貴之をバシッと殴りつけた。

「やだっつってんだろッ!　エロジジイッ」

「うぇぇ〜。もう四時じゃんか〜」

顎《あご》の下に枕を抱え、柾はサイドランプに目覚し時計を照らして見る。

「もう寝る時間ないよ。バイト遅刻したら、貴之のせいだからな」

「はいはい。それは申しわけなかったたな」

アラームを八時にセットする柾の傍《かたわ》ら、貴之はもう目を閉じて寝の態勢に入っている。

彫りの深い顔立ちが、どことなく険しく見えた。不安になり、柾はとりあえず下手《したて》に出てみる。

「……怒ってんの?」

「べつに。早く寝なさい」

「………」

……嘘だ。ぜったい怒ってる。一緒に寝るときはいつだって、「腕枕してやろうか?」って、とろけそうな優しい顔で訊《き》いてくれるくせに。

四方堂《しほうどう》貴之は、柾の十二歳年上の恋人だ。

二十七歳にしてハーバードMBAを持つスペシャルエリート。養父、つまり柾の祖父が会長を務める四方堂重工の代表取締役である。一九〇近い長身、均整の取れたスタイルと彫りの深い上品な美貌は、実は密《ひそ》かな柾の自慢だ。

三年前、とある事情から、柾は彼と生活を共にするようになり、紆余曲折《うよきょくせつ》を経て、現在の密接な関係を築いていた。——実は彼、恋人でありながら、柾にとっては、血の繋がらない叔父に当たる。

「しょーがないじゃん……日曜だけど、バイト、朝番なんだから」

柾は拗《す》ねたように唇を尖らせた。

「鍵預かってるから、もしおれが遅刻するとお店が開かなくなっちゃうんだよ。それに、レジの立ち上げとか店内の清掃とか、やらなきゃいけないことといっぱいあるし……」

「そうか。それは大変だな。おやすみ」

「……なんだよ。ちっとも大変だと思ってないじゃん」

「わたしにねぎらってほしくてアルバイトをしているんだったら、さっさとやめてしまいなさい。そんなことではどんな仕事だって勤まるはずがない。雇い主が迷惑する」

「そーいうことじゃなくてっ。……なんで貴之、そんなに反対するわけ。おれがバイトすると、貴之になんか迷惑かけんの？」

「……もう寝なさい。明日早いんだろう？」

「ちゃんと話聞けよ！」

バッと毛布を撥《は》ね除《の》けて起き上がる。ライトの紐《ひも》を引っぱると、貴之は眩《まぶ》しそうに瞬いて背を向けた。

「たった時給六百四十円で、貴重な時間を削ることはないだろうと云ってるだけだ。部活でもなんでも、もっと有意義なことが他にいくらだってあるだろう」

「自分で働いて金稼いでるんだよ？　じゅーぶん有意義じゃんか」

貴之の大きな溜息。

「たとえアルバイトだろうと、労働ってものは、生半可なことじゃない」

「わかってるよそんなの」

「嫌なことも沢山ある。理不尽でも頭を下げなければならないこともある。人間関係だって複雑になる。……まだ高校生だろう。わざわざ辛い思いをしなくたって、いずれ社会に出れば嫌というほど思い知るんだ。学生時代は二度と戻ってこない。いましかできないことをしてほしいんだよ」

「そーやって！　なんですぐガキ扱いするんだよ。おれもう、高一なんだよ。わかってんの？」

すると貴之は、切れ込みの深い二重を片方だけ開いた。

「ほう。それでも自分を大人だと？」

「……………！」

柾はさっとベッドを下りた。脱ぎ捨ててあったTシャツを頭から被《かぶ》る。

「どこに行く」

「一人で寝る。貴之の顔なんか見たくないっ」

「……勝手にしなさい」

貴之はさっさとライトを消すと、ぐるっと背中を向けてしまった。柾はずかずかと部屋を出、ドアを蹴った。

「クソジジイ！」


翌日、貴之が先に食卓に着いていた。

柾がダイニングに入っていっても、新聞を広げたまま、おはようも云わない。寝ぼけ眼《まなこ》でもそもそと味噌汁《みそしる》を啜《すす》っていると、

「肘をついて食べるんじゃない」

貴之の叱咤《しった》が飛んだ。柾も横目でちらりと貴之を一瞥《いちべつ》する。

「そっちこそ、新聞読みながらトースト食うのやめれば」

つんけんと言葉を交わして立ち上がる。

「今日から急に出張になった。しばらく戻らん」

新聞から目も上げず、貴之が云った。

「ずっと帰ってこなくてもいーけどっ」

顔も合わせず、「行ってきます」を家政婦の三代《みよ》にだけ云って、柾は家を飛び出した。


——という会話があったのが、もう十日も前のことである。

「したら、マジで帰ってこねーの。信じらんねーだろ。大人げねーよなっ」

「大人げったって……出張なんだろ?」

もう三十分もワゴンセールのTシャツをためつすがめつしている柾の傍《かたわ》ら、悠一《ゆういち》は、手持ち無沙汰《ぶさた》げに棚のビンテージジーンズをいじっている。

土曜の夕方。公園通りに面したジーンズショップは大混乱で、レジには長い列ができていた。

湿った風、一雨きそうな空模様。五月下旬にしては蒸し暑く、柾はジップアップの赤いシャツを脱いでTシャツ一枚になっている。

「バイトくらいでいちいち目くじら立てんなっつーの。頭固いんだから。クソジジイ」

「まだ二十七だろ」

「電話くらいかけてくりゃいーのにさ」

「忙しいんだろ」

「……おまえ、どっちの味方？」

山猫じみた大きな二重でギロッとにらむ柾に、悠一は冷めた視線を返す。

「二枚千円のTシャツで三十分も悩んでる奴の味方ができるか。買ってもらえ、それくらい」

「やだね。ぜったい貴之の世話になんかなるか。うーん……赤か黒か」

「意地っぱり……」

小声の呟きは、真剣にTシャツを広げる柾の耳には届かなかったようだ。

高校卒業後の独立資金のため、日々預貯金に励む岡本柾は、質素倹約をモットーとする。服はバーゲン品、外食はファストフードで安くあげ、ゲームセンターその他の娯楽施設には自分の金では一切入らない。地下鉄の三駅や四駅なら、節約のため平気で歩いてしまう。

友人の佐倉《さくら》悠一も同じくバイトの鬼だが、違うのは服飾にたっぷり金をかけるという点だ。さっきも行きつけのセレクトショップで数点、夏物のシャツを買ったばかりだ。

「降ってきそうだな」

にわかに、湿った南風が強くなった。悠一が曇天《どんてん》の空を心配そうに見上げる。

「やっぱやーめた！　駅前の一枚六百円のヤツのがいいや」

ようやくワゴンを離れた柾のあとから、ホッとしたような呆《あき》れたような表情で悠一も店を出る。

「おれなら別れるね」

「あ？　なにが」

「めちゃくちゃやりたいとき、明日は仕事だからって拒まれたらその女とは別れる。二度までは我慢するけど、三度めがあったら他に乗り換えるね」

「おまえは、だろ。貴之はそういう男じゃねーの」

「ノロケかよ」

肩に掛けたショップの紙袋で柾の脇腹を小突《こづ》く。柾も拳で背中を叩いて反撃。じゃれながら坂を下る二人の前に、

「ねーねー」

「これからカラオケするんだけどぉ」

「一緒しない？」

太腿すれすれのミニスカートにケバめのメイク、白いロングブーツという出で立ちの二人連れが道を塞いだ。

二人は顔を見合わせた。……またか。

どういうものか、二人でツルんでいると、なぜか逆ナン率が高いのだった。一人でいるより声をかけやすいのか、二人に隙が生まれるのか。

長身、クールで知的な悠一。小柄でちょっと少女めいた面ざしの柾。土曜の渋谷の雑踏でも、ひときわ目を引く二人だ。

「カラオケね」

悠一はさらにクールな眼差しで、少女たちを一瞥する。

「どうする？」

「おれ、金ない」

「あ、でも割引券あるしぃ」

「一人千円で二時間でぇ、ドリンクとフードつくしぃ」

「カップルじゃないとォ使えない券なのォ。お願い、一緒に行こ？」

あからさまに乗り気でない様子の悠一より、柾のほうが落ちやすそうだと踏んだのか、両脇に回り込んだ二人は、柾の二の腕にしきりと胸の膨らみを押しつけてくる。

赤くなり、悠一に助けを求める視線を送るが、薄情な親友は素知らぬ顔で靴屋のウィンドーを覗き込んだりなんかしている。

「ねー、お願〜い。一緒してぇ」

「でもおれバイトあるし……」

「えー。いーじゃん。休んじゃいなよ」

なんだか風俗の呼び込みみたいだ。

香水のきつい匂いに顔を顰《しか》め、取られた腕を引き抜こうともがいていると、悠一が、なにげなく柾を振り返って、云った。

「おまえ、こないだソープで伝染《うつ》されたビョーキ、もう治った？」

「あいつらよく信じたな、あんなの。おまえがソープ行けるほど金持ってるように見えるか」

「シレッとしやがって～。誰がビョーキ持ちだ！　やばいのはおまえのほうじゃんかっ」

「彼女はビョーキなんかもってないぜ。失敬な」

「貴之だってないっ！」

「ま、どーせ二度と会わないって。悪女の魔手から救ってやったんだから、感謝しろよ」

するか、そんなのッ。

ケンタで悠一に奢《おご》らせて、沿線の違う二人は、駅で別れた。

東急線沿線、最寄り駅から徒歩三分、国道沿いの大型レンタルビデオ店が柾のバイト先だ。

「おはよーございまーす」

店の裏手にある事務所に元気よく飛び込むと、ロッカーの前でエプロンをつけていた井上《いのうえ》みちるが、大きな目をさらに大きく丸くした。

「おっはよぉ。岡本くん、今日は朝番じゃなかったの？　シフト表に九時半からって書いてあったけど」

「うん、だったんだけど、こないだ本田《ほんだ》さんに頼まれて替わったんだ。それ古いシフト表じゃない？」

「かな？　でもラッキー。先週一緒の日なかったもんね。嬉しいな」

みちるは丸顔にエクボを作った。柾も自分のロッカーに荷物を放り込み、タイムカードを押す。

「今日って、あと誰が入ってんの？」

「んーと……あたしが見たシフト表だと本田さんだったけど、岡本くんと替わったんだったら、田畑《たばた》くんか西脇《にしわき》さんじゃない？」

「ふーん」

よかった。あの二人とは仲がいい。

つい最近までは、自分には人の好き嫌いなんかないと思っていたのだが、実際には苦手なタイプが存在することを、このアルバイトをはじめてから知った。

古株バイトの本田は、まさにその典型だった。責任感がなくてルーズ。遅刻してもちっとも悪びれないし、正社員がいないと事務所でテレビを観てさぼり放題、柾一人にカウンターを任せてどんなに混んでいても助けてくれなかったり。

そのくせ店長の前でだけは優等生。古株なので誰も文句をつけないが、バイトの間では敬遠されていた。

柾もできればお近づきになりたくないが、どういう巡り合わせか、一緒にシフトに入ることが多いのだ。そもそも気が長いほうじゃないから、何度血管ブチ切れそうになったことか。

彼がいない日は、嘘のように心が晴れやかだ。

「なんか、帰り、雨降りそうだよね。傘持ってこなかったのになあ」

みちるはロッカーの鏡に向かって、長い髪を三ツ編みにしている。

柾と同じ高校一年生。よくシフトが一緒になり、店で数少ない高校生バイト同士ということもあって、仲がいい。

柾も緑色のエプロンをつけて胸にプレートをさし、さて行くか、と顔を引き締めた。レンタルビデオは接客業。誠実とスピード、スマイルが鉄則だ。

「あれ!? 岡本くんじゃん！」

入ってきたのは、大学生バイトの西脇だった。ひょろっと背が高く、痩《や》せぎすな体つきのわりに声がでかい。

「あ、おはようございまーす。店混んでますか?」

「混んでるもなにも……なに。どーしたの、いまごろ来て。あ、もしかして時間間違えて覚えてた?」

「え?」

時計を見る。五時十分前。

「間違ってないと思いますけど……」

「だって今日朝番だっただろ。鍵が開かなくて大騒ぎだったんだぜ。あ、ちと待って。店長〜っ! 岡本くん来てますけど〜っ。——おれ昼からだったんだけど、出てきたら店開いてないしさー。びっくりして、店長に電話して急いで来てもらって……」

「でもおれ朝番じゃないですよ。今日は本田さんとシフト交代して……」

「うっそ。だって届け出てないぜ」

頭の中が真っ白になった。こっちこそ「うっそー」だ。

「本田さんは?」

「まだ。五時からだから、そろそろ来るんじゃない?」

「本田さんが間違えたんじゃない……?」

みちるが不安そうに云った。

2

この店では、アルバイトも正社員も、シフト制を取っている。柾たちアルバイトは、朝九時半のオープンから十二時のクローズまでの希望する日時を書き込んだ、向こう一ヵ月分の予定表を店長に提出し、店長がシフトを組む。

そうして出来上がってきたシフトに沿って働くわけだが、一ヵ月前に立てた予定となれば、当然微調整が必要になる。そこで、バイト同士でシフトを交換してもいいことになっている。ただし、変更後のシフトは、必ず店長に届けを出す決まりだった。

「おれ、岡本くんにシフト替わってくれって頼んだ覚えなんかないですけど」

五時ジャストに出勤してきた本田は、仏頂面で、店長の机の前、手を後ろに組んで休めの姿勢を取っている。

「でも岡本くんは、本田くんに頼まれて替わったって云ってるんだけど」

「カン違いしてんじゃないですか」

「そんなことないです。だって月曜日に事務所で会ったとき、土曜日夕方から用事ができちゃったから替わってくれって云ったじゃないですか」

柾が反論に口を挟むと、細い目でギロッと睨んできた。

ね？」

「この際、云った云わないは置いておこうよ。お互いにカン違いってこともあるだろうしさ。

店長がバインダーを振って二人を抑える。

「まあまあまあ」

「忘れてるんじゃないですか⁉」

「云ってねぇよ」

「でもォなんかァ、おれのせいにされてるみたいで気分悪いっスよ」

（おまえのせいだろ⁉）

怒鳴りたいのを、拳を握りしめてぐっとこらえる。

「うん……まあ、ね。いいじゃない。本田くん、もうカウンター戻っていいよ」

「……はーい」

本田はいかにも不服げに口を尖らせて事務所を出ていった。店長は困り顔で溜息をつき、ボールペンの尻で頭をかく。

「岡本くん、本田くんと仲悪いの？」

「……悪いわけじゃないですけど」

けっして良くはない。

「そう？　ならいいんだけど……。まあ、今回のことはね。シフト変更をしっかり出してくれてれば、こんなことは起きなかったと思うんだよね。本田くんに変更頼まれたとき、どうして届け出さなかったの？」

「……本田さんが出しておいてくれるって云ったんです」

どうしても弁解がましくなるのは否《いな》めない。柾と本田、嘘をついているのはどっちか……なにせ確たる証拠がないのだ。

こんなことになるなら、あのときちゃんと自分で届けを出すんだった……。本田に任せたばっかりに。

「ぼくもね、全部のシフトを把握してるわけじゃないから、ちゃんと届け出してくれないと。今日は何時から何人で回してるとか、シフト見て確認してるわけだから。今日みたいに朝番が来ないと、やっぱり困るでしょ。誰が鍵持ってるかもわかんないし」

「でも鍵、持ってませんでした。五時からのつもりだったから……」

「でもこっちは、てっきり君が持って帰ってると思っちゃうよね？　シフトだと岡本くんが朝番になってるんだから。届けを出してくれてれば、そういう間違いは起きない。今日のことはもういいけど、以後注意してください」

「……はい」

「それと、届けとかなんでもそうだけど、人任せにしないで自分で責任を持つこと。仕事に慣れてきたところで、ちょっと気が緩んでるのかもしれないけど」

「はい。……すみませんでした」

グッとこみ上げた理不尽な怒りの塊《かたまり》をなんとか飲み下した。悔しさで胸が真っ黒になった。

よっぽど気持ちが顔に出ていたのだろう。カウンターに入ると、井上みちるが柾の顔を見て、心配そうに返却テープを並べる手を止めた。

「……怒られちゃった？」

「ん、ちょびっと」

無理にも笑って見せる。彼女は力づけるように、柾の肩をポンと叩いた。

「元気出してねっ」

「ん……サンキュ。返却行ってきます」

スチール棚からソフトを五、六本抱えてコーナーへ。

外は雨が降りはじめたのか、すれ違う客からカルキの匂いが立った。こんな日は夜にかけて客足が増える。

（……畜生。なんでおれがあんなこと云われなきゃなんないんだよ）

ギリリッとT2のパッケージに爪を立てる。

忘れていたなら忘れていたでいい、だけど、なにもあんな云い方しなくたって！　店長も結局は信じてくれなかったみたいだし……あれじゃあまるで、罪をなすりつけてるみたいじゃないか。悪いのはどっちだよ！

（あーあっ。替わってやってバカ見たっ）

もう二度とあんなヤツに関わるもんか。

……と決めた相手と、トイレに行った事務所で、よりによって二人きりになってしまった。運の悪いときはそういうものだ。

「自分のシフト忘れるなんてぶったるんでるんじゃね～のォ～？」

ランキング雑誌をパラパラめくりながら、本田が聞こえよがしに云う。

その口調でとうとうキレた。

開けかけていたドアを叩きつけるように閉める。

「忘れたのはそっちじゃないですか！　本田さんが替えてくれって云うから、おれっ」

「んだよ。人のせいにすんじゃねーよ」

「そっちのせいだろ！」

「なんだと⁉」

「おい！　外まで聞こえてっぞ！」

西脇がドアから顔を出して怒鳴った。二人は険悪なムードのまま顔を背けた。

「本田、棚整理行って。おれ休憩入るから」

「へぇーい……」

「岡本くんはカウンターよろしく」

「……はい」

「相手にすんなよ」

西脇がひそっと耳打ちした。


しかし、悪いときに悪いことは重なる。

カウンター作業のときだ。返却されたＣＤの中身を確認すると、歌詞カードが入っていなかった。

「お客さま、このＣＤ、歌詞カードが入っていたと思うんですけど……」

赤いスカジャンを着た目つきの悪い客が、ジロッと柾を睨んだ。

「ああ？　知らねえよ。そんなの見ねえもん。もともと入ってなかったんじゃねーの？」

「いえ、貸し出し時に確認しておりますので、入っていたと思います」

「ああ？　なにか？　おれが盗《と》ったってゆーんか」

「いえ、そうじゃなくて、お忘れになったんじゃないかと……」

と、磁器ケースの隙間から、なにかが落ちた。

「あ……」

冷たい汗が手に吹き出した。

「あんだよ、入ってんじゃねーかよ。それだろ、歌詞カードってなぁ。この店じゃ客をドロボー扱いすんのか。ああ!?」

「す、すいませ……」

「あーあぁ。怒らせちゃったぁ～」

さりげなく本田が後ろに立ち、柾にだけ聞こえる声でぼそぼそと呟く。

「接客向いてないんじゃない？　辞めちゃえばぁ？」

「大変申しわけありませんでした！」

九十度に頭を下げ、カウンターの下、柾は握りしめた拳にぐっと力を込めた。

帰るころになると、雨は本降りになっていた。水飛沫《しぶき》がアスファルトを白く煙らせている。

(あーあ。マジでツイてない……)

傘もない。家まで走って十分弱。濡れていくっきゃないか……。

こんな突然の雨の日は、なんだかんだ云っても柾には甘い貴之が、いつの間にかちゃんと上がりの時間を調べていて、車で迎えに来てくれるのだけど……。

「岡本くーん、傘ないんでしょ？　一緒に乗せてってもらわない？」

出入り口の三和土《たたき》に立っていると、白い軽の助手席、細く開けた窓からみちるが声をかけてきた。本田の車だ。

「ううん、いいよ、おれ」

断ると、運転席の本田がみちるに、「いいって、岡本くんはベンツが迎えにくるんだから」と云っているのが聞こえた。

「庶民の軽になんか乗れないんだってさ」

水滴のついた窓越し、かすかによぎった薄笑い。――フェラーリだろうとスペースシャトルだろうとテメエの持ちモンになんか死んだって乗るかッ！　ケッ！

「うん……でもぉ……」

「ほんとに平気だから」

「じゃあ、お疲れ。風邪ひかないようにね！」

泥水の飛沫を上げて、雨の国道に白いマーチが消えていく。

「お疲れ」

背中をポンと叩いたのは西脇だ。客の忘れ物の傘を貸してくれた。

帰り道が途中まで一緒なので、狭い歩道を肩を並べて歩き出す。雨足だけでなく風も強い。

「あいつもしょーがねーな……気にすんなよ」

傘を叩く雨音に、西脇の声もかき消されがちだ。

「なにがですか？」

「シフト。やられただろ？　あいつ岡本くんの立場悪くしようとしたんだよ。目の敵《かたき》にされてっからなあ……」

「は？」

目の敵？　おれがあいつに？

「あー、やっぱ気づいてなかった？……あいつさ、みちるちゃんが好きなんだよ」

「はあ……」

わからない。どうしてそこで井上みちるが出てくるんだ？

「だから、本田としては、みちるちゃんと一緒のシフト入って、プッシュしたいわけ。そんで一生懸命、裏工作してんだけど、みちるちゃんは岡本くんと同じシフト入りたがるからさ」

「へー……え!?」

　思わず立ち止まる柾。西脇が傘の角度を変えて、気まずそうな顔を見せる。

「知らんかったの？　ありゃありゃ……みちるちゃん、もう告白したのかと思ってた。おれから聞いたってナイショな。口止めされてんだよ。……でさ、だから、本田にとっては岡本くんが目障《めざわ》りっつーか……障害物なわけよ」

「はあ……」

　頷くほかない。知らなかった……まさに寝耳に水だ。

「あいつに一人でカウンターやらされたり、テープ返却わざと沢山溜《た》められたりしなかった？　あれ、わざと。岡本くんを辞めさせようと思って。いいかげんにしとけっつったんだけどさあ。あいつも根の暗いとこあるから」

「……全っ然知りませんでした」

「岡本くんがちっとも気づかないんでムキになってたのかもな。なるべく誰かに替わってもらって、シフト一緒にならないようにしたほうがいいぜ。……つっても、みちるちゃんがいるしなあ」

「………」

「いいとばっちりだよな」

西脇は同情の吐息をついた。

雨がばたばたと傘を叩く。

「なあ、みちるちゃんのこと考えてみれば？　いい子だと思うぜ。おれは」

「井上さんですか……？」

井上みちる……笑うと右頬にエクボができる丸顔、さらさらのロングヘア。かわいいと思うし、話も合うし、嫌いじゃないけど……でもそれだけだ。友達、バイト仲間。それ以上の感情は……とても抱けない。

だって、おれが好きなのは——

「あ。もしかして、つき合ってる子いんの？」

柾ははっきりと頷いた。それから、傘で見えないことに気づいて、はい、と云い直す。

「そっか。ま……みちるちゃんにも、それとなくそういう話したほうがいいと思うよ」

「……」

泥水で汚れたスニーカーの爪先を見て歩きながら、柾は大きな溜息をつく。苦手だ。こういうことって。

「……おれ、どうしたらいいのかな」

「んー……どうったってなあ……。どうにもなんないんじゃない、こればっかしは。ホントは、本田がみちるちゃんに告白して、振られるかつき合うか決まればいいんだけどさ、ああいう奴だから」

「……めんどくさいですね。いろいろあって」

「そー。結構いろいろとあるもんだよ、バイトやってると。いろんなのがいるしさ」

「仕事だけしてられればいいのにな」

「でもそれじゃつまんねーじゃん？」

西脇は底ぬけに明るく云う。

「こんなことでくじけんなよ、なっ。悪いことばっかじゃねーって。おれなんかすっげぇいいヒトよ？　なあ、それよか、いまつき合ってる子ってどんな子？」

「えっ」

ど、どんなって。

「同じガッコ？」

「……年上です」

「なによー、年上ぇ？　美人？」

「うーん……美人は美人だけど…………。あ、西脇さんの彼女もすごい美人ですよね」

時々店にレンタルに来るＯＬ。ショートヘアで、造りの派手な顔立ち、スタイルも抜群だった。

西脇の目尻がでれでれとヤニさがる。

「そーなの。もててもてて困っちゃうのよ。おっまけにワガママだわ、時間にゃルーズだわ、贅沢《ぜいたく》だわ、メシもまともに作れねーわ、しょーもない女でさ」

それから、幸せそうに付け加えた。

「でも、惚れてんだわ。おれ」

貴之に、ものすごく、会いたくなった。


だが貴之はまだ帰っていなかった。

家政婦は帰宅したあとで、ダイニングテーブルに夕食についてのメモがあった。

ガラスを叩く激しい雨音をBGMに首まで風呂に浸かり、広いダイニングで、一人きりの遅い夕食をすませた。

食器の音が壁に反響する。一人で食事を摂《と》るのにはなれているはずなのに、せっかくのビーフシチューはあまり美味《おい》しく食べられなかった。

食器を片づけ終え、くだらないテレビ番組を観ているうちに十一時。

もう寝なきゃ。明日こそは朝番だ。ぜったいに遅刻できない。

（えーと、明日のシフト……）

「……げ」

……本田と一緒だ……。奮《ふる》い立ちかけた気分が、一気に萎《な》える。

「行きたくないなぁ……」

休んじゃおうかなあ。……でもあいつのイジメに負けたと思われるのはシャクだ。店にも迷惑はかけたくない。……けど……。

「――ヤメ。ヤメヤメ、考えるのヤメ！」

振り払い、柾は勢いよく二階へ駆け上がった。一直線にベッドに飛び込み、目覚しをかけて、頭から布団を被る。

ダメだ、こんなことじゃ。よーく寝て忘れる。くよくよしたって解決しない。

(負けてたまるか)

だけど、と胸にまた闇が兆す。

あの二人の間が進展しない限り、柾へのとばっちりは続くわけだ。かといって、まだ告白もされてないのに彼女に諦めてくれって頼むのも変だし。いっそあの二人がくっついてくれれば、八方丸く収まって万々歳……なんて考えるのは、冷たいだろうか。

でも、彼女の気持ちには応《こた》えられない。というより、貴之以外とそういう関係を持つなんて、考えられない。

どんな女の子に告白されても、貴之以上に胸がときめいたことはない。貴之は特別な人だ。

男同士で、血は繋がらないけど叔父と甥《おい》で……ずいぶん悩んだし、苦しみもしたけれど、もう、気づいてしまったから。彼に愛されていることが誇りだから。

(……なんで帰ってこないんだよ……)

あんなの、いつもの喧嘩じゃないか。帰ってこなくていいなんて、本気のわけない。そんなのわかってるくせに。大好きだって。知ってるくせに。

(貴之……)

瞼《まぶた》の裏側に思い描く。貴之の、格好のいい鼻。キリッとした男らしい眉、理知的な目もと、ノーブルな唇——あったかいキスをくれる、あの唇……。

(キスしたい……)

もう十日も触れてない。つき合いはじめてからこんなに長く一人で寝るのは初めてだ。電話一本こないのも。家政婦のところへは定期連絡が入っているはずだけれど、あんな啖呵《たんか》を切った手前、こっちから電話するのもシャクで、ずっと知らんぷりしていた。

どこにいるんだろう？　いまごろなにしてる？　ヨーロッパ、アメリカ、それとも中東？　夜だろうか、昼だろうか。おれのこと、たまには思い出したりしてくれてるだろうか……。

会いたい。

貴之の顔が見たい。そしたらすぐに元気になれるのに。

仕事で疲れたときはおまえの顔を見るのがなにより効くよ——そう云っていた貴之の気持

ち、いまならよくわかる。

（いつ帰ってくるんだろ。話したいこと、いっぱいあるのに……）

（四月から毎日バイトで、ろくに話す時間もなかったもんな……。エッチもあんまりしてなかったし……）

……あ……。

はっと気づいた。

もしかして貴之にも、こんなさみしい思いをさせてたのだろうか。貴之がおれの顔を見たいとき、話したいとき、バイトバイトって忙しがってばっかりじゃなかったか？

（おれ、自分のことばっかしで……）

貴之は仕事を理由にしたことなんかないのに。

（……ダメだ。甘えちゃ）

貴之は愚痴をこぼしたことなんてない。おればっかり甘えてられない。つらいことや嫌なこと、あるのは初めから覚悟のうちのはず。それでも我儘を通してはじめたバイトだ。

（あんなことくらいで落ち込んでられるか……）

羽枕に鼻先を埋めたときだった。

深夜の電話が鳴ったのだ。

3

「——もしもし？」

二階の電話は、貴之の寝室と書斎にある。

飛び起きた柾は、寝室に駆け込み、コードレスホンに飛びついた。期待に胸が早鐘を打つ。

『……柾か？』

落ち着いた、良質のテノールが柾の鼓膜《こまく》を震わせた。

『わたしだ。——もう寝ていたか？』

「…………」

貴之——！

心臓がズキーンと痛くなった。一拍、返事が遅れる。

「……寝てたよ。十一時だもん。なんか用？」

ぶっきらぼうな応えに、受話器の向こう、苦笑する気配。

『起こしてすまなかった。……ずっと電話できなくて悪かった。通話事情の悪いところにいたものだから』

乗り物で移動中なのか、ホワイトノイズが混じる。

貴之の広いベッドに腰を下ろして、そっけなく、ふーん、と返事をした。

胸がドクドクと早鐘を打っている。ものすごく嬉しいのに、早く切ってしまいたかった。

なにか優しいことを云われたら、せっかく飲み込んだ弱音を全部ぶちまけてしまいそうで。

『怒っているか？』

「べつに」

『本当に？　電話を待っていなかった？』

「ないよ」

『毎晩電話の前で待っていたりしなかったのか？』

「するわけないじゃん」

『なんだ……さみしくなかったのか』

「ないよ。明日もバイトで朝早いんだ。もう寝るから、切るよ」

『わたしはさみしかった』

「――――」

卑怯な不意打ちだった。鼻の奥がツンとして、言葉が出なくなる。

『寝ても覚めても柾のことばかり考えていたよ。――物騒だから、戸締まりに気をつけてやすみなさい。それじゃ、おやすみ……』

「待った、待って！　おれも……」

受話器に縋《すが》りつくように叫んでいた。

『何か云ったか？　聞こえなかった』

「おれもさみしかった……」

『……』

貴之が微笑むのが、気配で伝わってきた。

『そうか。よかった。嬉しいよ』

「会いたいよ。どこにいるんだよ。帰ってきてよ」

『どうした。なにかあったのか？』

「……なんにもないよ」

切なさで胸をいっぱいにして、嘘をつく。受話器越しのほんのわずかな沈黙。

やがて貴之は、そうか、と優しく呟いた。なにもかもわかっているみたいな声だった。

「……会いたい」

それだけ言葉にするのが精一杯だった。

「こんなに長く会ってないと、貴之の顔忘れちゃうよ」

『それは困る。いますぐ帰りたいのは山々なんだが……』

「わかってる。ごめん、我儘云って。いい……声だけでも聞けて……嬉しかった」

ベッドカバーに手の平を滑らせ、ゆっくりとベッドに横たわる。シルクの匂いに混じって、貴之のトニックの残り香がかすかに薫った。今日はこのままここで寝てしまおう。

『柾、キスをしようか』

「えー？　どーやって？」

『こうやって』

ちゅっ、と小さなｓｍａｃｋ。くすぐったさに肩を窄《すぼ》める。笑いながら、

「じゃ、おれも」

柾もちゅっ、と返した。

「十日もキスしてなかったね」

『十日もおまえを抱いていない』

耳もとでダイレクトに囁かれたみたいに、ドキンとした。

『悪戯《いたずら》せずにいい子にしていたか？』

「なんにもしてないよ。ガッコとバイトの往復だもん。今日は悠一と買い物に行ったけど……なに？」

貴之が笑っている。

『自分の手で満足していないかという意味だよ』

「ばっ……」

カーッと頭に血が上った。

「なに云ってんだよ、すけべッ」

『やっていたのか』

「やってない」

『どうかな。本当かどうか調べてみようか』

「どーやって」

『いまどこにいる？……じゃあ、パジャマの下だけ脱いで、ベッドに腰掛けてごらん』

「やだよ」

『そうしたら、下着の上から、人差し指でゆっくり……あれの形を辿るんだ。柾のは敏感だから、すぐに硬くなる……』

「やめろよ。すけべ」

『いつもわたしがするように指を動かしてごらん』

「ヘンタイ！」

耳朶まで茹《ゆ》で上がって受話器に怒鳴る柾に、貴之は悪戯っぽくクックッと笑う。

『そんなにムキにならなくても』

「だって……貴之の喋り方、なんか……」

『感じてしまうのか？』

「こんなの……ヘンタイっぽいよ」

『だいじょうぶ……恥ずかしがらなくたって、どうせ見えないよ』

口説くように囁く甘いテノール。

『お遊びだよ』


……貴之がいけないんだ。こんなこと……やりたくてやってるわけじゃない。

貴之がいじれって云うから。いやらしいこといっぱい云って苛《いじ》めるから。

パジャマをはだけた胸を嬲《なぶ》る。乳首を爪で軽く挟んで、ネジを回すように引っぱれって貴之が云う。云われた通りにすると、剝《む》き出しの下半身が、理性とは無関係にびくんと反応してしまう。

サイドチェストに受話器を置いて、ハンドフリーに設定したから、両手を使って体をいじれる。

ベッドに仰向けに寝そべって、足を拡げ、左手で胸を、右手はゆっくりと股間の先端を……たらたらと流れる涙を塗り込めるようにしてごらん、と貴之が命じるから。甘く優しく命令するから。

「あっ……く……んっ……」

『もっと強く乳首を捻ってごらん』

「やだ……痛いよ……あっ……」

『ダメだ。やるんだ』

「う……ああッ、や、あッ」

『痛いのが感じるだろう？　ん？』

「や、あ、もうだめ、あ」

『もう片っぽも同じようにしてごらん。指で挟んでクリクリしたら、思いきり強く捻って』

「ん……あ、あッ」

『いい声だ。かわいいよ……』

こんなことで興奮するなんて、おかしいのに。イヤなのに。右手の中のペニスがぴくぴくと上を向いてしまう。そこはそっと撫でるだけだよって云われたから、激しいことはできない。本当は強くしたいけど、したら、声でバレてしまう。

衣《きぬ》ずれの音、必死で噛み殺した喘ぎまで、漏らさず聞こえているに違いない。

美しい目をすこぅし細めて、柾の声に聞き入っている……貴之も同じように興奮してるのだろうか。

「ああ……！」

興奮の度合いがますます強くなり、つい声が高くなった。

『膝を立てて、もっと大きく足を拡げなさい。いつも舐《な》めてもらうときみたいに』

「う……」

火のような羞恥《しゅうち》と興奮に揉まれながらも、柾はおずおずと従ってしまう。

(やだ、こんなの……すごくエッチだ……)

しなくたって、見えるはずない……なのにどうして。

『あそこに触ってごらん』

柾の興奮を見透かしているみたいに、貴之がさらに恥ずかしいことを命じる。

すぐそばで見つめられているみたいだ……あの目で、じっくり……舐め回すみたいに……。

乾ききった唇を舐め、熱い息で、切れぎれに聞き返す。

「あそこって……？」

『わからないのか？　かわいいお尻の谷間にあるだろう？　いつもわたしを咥《くわ》え込んでひくひくする場所だよ。柾の体の中で一番いやらしい場所だ』

「そんな云い方、やだ……っ」

『じゃあ、あそこはなんて名前なのか、わたしに教えてくれないか』

「やだ。そんなの云えないっ……」

『じゃあ乳首にお仕置きだ。左側の爪でつねりなさい』

「や……！」

『もっとひどいことがいいのか？』

「う……」

恐る恐る、左側の突起をつまむ。触れただけで、飛び上がるほど感じるのに……つねるなんて…。

「ん……あぁッ」

『もっと強くだ』

「いや…ああァッ」

痛みともつかぬ鋭い快感が、体中を走り抜ける。ペニスの先端が蜜まみれになっていく。

『右側もつねらなきゃな』

「もうやだ、やだよ。ごめんなさい。云うから許して。もうやだ」

『よしよし……。じゃあ云ってごらん。あのいやらしい場所はなんて云うんだ？』

「…………」

『聞こえないね』

「…………」

『もっとお仕置きしなきゃダメなのか』

「あ……」

柾は、いやらしい三文字を、やっと口にした。手の中のものがまたピクッと反応してしまう。

もっと強くこすって、早く……いきたい。たまんない。貴之の唇と厚い舌でしごかれて気持ちよくなりたい。

「貴之、もう、もう……」

喘ぎに混ぜて訴えるのに、貴之はとことん意地悪だった。

『名前はわかったけど、色がわからないな。次は、どんな色かを教えてもらおうか』

そんなの無理に決まってるのに！

『サイドチェストの一番上の抽斗《ひきだし》に、手鏡があるはずだ。それで映してごらん』

こんな恥ずかしい要求、聞くことない。どうせ見えない。適当に合わせておけばいいのだ。

なのに、左手は震えながらチェストの鏡に伸びていた。嫌なのに……こんなに恥ずかしいのに……。

『鏡をベッドに置いて、跨《また》ぐんだ』

淡々とした口調で、さらに屈辱的な要求を突きつける。

柾はもはや、興奮と激しい羞恥の火だるまだった。立てた膝の間に鏡を置く。

『指で拡げて……』

「う……ん……っ」

『どんな色をしている？』

「やっ……見らんない……っ」

『どうして？』

「恥ずかしいよっ……」

『いつもわたしに見せてるじゃないか。舐めてって、お尻を拡げて。そうすると、入口がいやらしくひくひくして、窄《つぼ》んだり、開いたり……』

「やだあッ」

『指を入れてやると、ぎゅーっと締めつけてくる。中はとても熱いんだ。感じてくるとぬるぬるがいっぱい出て』

「やだ、やだっ」

『どんな色をしてるか、自分の目でよく確かめてごらん』

「貴之、意地悪いっ」

『柾の恥じらう姿……とても感じてしまうんだ』

かすかに上ずったような声……ほんとに？　貴之も感じてる？　言葉にしがたい悦《よろこ》びが、ぞくんと走った。ペニスを苛める指使いが自然に早くなってしまう。

「く……んっ……」

奥歯で喘ぎを嚙み殺す。知られちゃダメだ。こんなに感じてるなんて……でも体の芯《しん》は燃え立つばかりで。

「あっ、あっ、貴之っ」

『どんな色だ？』

うつむき、薄目を開けて、やっとのことで鏡に目を落とす——左手で拡げた淫猥《いんわい》な器官が、二本の指の狭間できゅっと窄まった。

「あ……」

ゴクリと生唾《なまつば》を飲んだ。

「ピ……ンク……色」

『ピンク色か。一番恥ずかしい色だな』

「やっ……！」

『いや？』

「も……出ちゃうよお……っ」

『まだダメだ』

「や、あっ、でる、だしてっ」

四つん這《ば》いでベッドカバーに先端を擦《こす》りつける。固いシルクの感触が、溢《あふ》れる蜜で次第にぬめってくる。恥ずかしさと気持ちよさでほとんど泣きながら、耐えきれず両手をそこに持っていったその時——

剝き出しの下半身を、ふっと冷えた風が打った。

なにが起きたか、瞬時に理解できなかった。

「すてきな格好だな」

戸口に立つ、一九〇近い長身の、理知的な美貌——

柾は悦びの涙で霞《かす》む目を何度も瞬いた。……消えない。幻じゃ——ない⁉

「こんなにかわいい格好が見られるのなら、たまには留守にしてみるものだな。十日も我慢した甲斐があった。……どうした？ 続けていいんだよ？」

携帯電話をパチンと折り畳み、背広のポケットへ。

「それとも……誘っているのか？」

「あ……！」

ようやく自分のあられもない格好に気付いた。羞恥に火がつく。

慌てて閉じた足首を貴之が取り、足の親指をパクンと食べた。指の股を舌で舐められ、云いようのない快感がぞくっと這い上がる。

柾のしなやかな両脚の間で熱をもったままの器官に、貴之は、淫蕩《いんとう》を滲ませた目を少し細めた。

「さあ……本番だ」


「いいかげん、機嫌直して出ておいで。……窒息するぞ」

あやすように、シーツの繭《まゆ》をとんとん叩く。貴之の優しい声音に、サナギの柾はスンとも応えない。

「ジュースでも飲むか？　アイスクリームにするか？　持ってきてやるぞ」

「………」

「それとも蒸しタオルで体を拭《ふ》いてやろうか？　ん？」

「………」

「なあ……柾。もう許してくれないか？」

「……やだ」

がらがら声で応え、柾はシーツをますますきつく体に巻きつける。

あれから、あらゆる体位と角度で何度も貫かれて、もう起き上がる体力も気力もなかった。あそこにまだものすごいものが入っているような感じがする。

「あんな悪戯をするつもりじゃなかったんだ。少し驚かせてやろうと思っただけだったんだが……」

　電話は車中からだったのだ。

　空港から自分で運転してきた貴之は、高速を降りてすぐ、携帯で電話をかけ、エンジン音で気づかれないように、わざわざ門の外に車を停めて、こっそり入ってきたというわけだ。

「悪かった……」

「……見てたんだ」

　シーツの繭の中、柾は、恨めしそうに呟いた。

「ずっと見てたんだ。あんなことさせて……ぜんぶ見てたんだ」

「見てないよ。最後の鏡のところをちょっとだけ……」

「見てたんじゃんかっ」

　くすっと笑う。

「あんまりかわいかったものだから」

「貴之なんかっ！」

　シーツを撥ね除け、睨みつける。愛《いと》しむような眼差しが、驚くほど間近にあった。

「嫌いか？」

「……ちがうけどっ」

「会いたかったよ」

ふわりと腕に巻き込まれる。

「……うん。おれも」

逞しい胸に顔をすりつけ、貴之の匂いを吸い込んだ。

「キスしていいかな」

「……うん」

照れ臭くて、柾は笑って、自分から首を伸ばした。

小さな嵐のようなキス。喉の渇きを思い出したようにお互いの水分を貪《むさぼ》るキスだ。

柾の怒りは、春の雪解けのように溶けていた。代わりに温かさと幸福感が、体中を満たしていく。

いろんなことが溶けていく――悔しさも、怒り、涙も、さみしさも。貴之が溶かしてくれる。貴之にだけ使える魔法。

なにもしなくていい。いてくれるだけで。貴之の声、指、匂い、愛されていることを心から実感させてくれるそれらすべてが、元気をくれるから。

貴之は、シーツごと壊れ物みたいに柾の体をそっとベッドに横たえ、毛布を掛け、灯りを消した。月が明るくて、寄り添った互いの輪郭が青白く浮かび上がる。

「腕枕は？」

「うん」

引き締まった二の腕に鼻先をすり寄せる。

寒くないように、柾の肩を抱いてくれる、優しい手。

「……バイトで今日、嫌なことがあったんだ」

目を閉じて、柾はぽつりと云った。

「でも貴之の顔見たら元気が出た。……貴之が反対なのはわかってるけど、でもおれ、やれるとこまでやってみたいんだ。中途半端は嫌なんだ。頑張って勉強と両立させる。貴之と一緒にいる時間も、減らないように調整するから……」

「……わかった」

思わぬ応えに、柾は驚いて目を開ける。薄闇で、貴之の目とぶつかった。

「自分で納得するまでやってごらん」

「本当に!?」

「どうせ止めたってきかないだろう」

「うん」

「こいつ。……まったく、我ながらどうしてこう、おまえには甘いかな……」

美しい二重が苦笑をはむ。

柾は嬉しくて、キスをして、そして二人抱き合って、幸せな眠りについたのだ。

「柾……柾。こら。いつまで寝ているつもりだ」

「んー……？　もうちょっとぉ……」

「もう九時過ぎだぞ」

翌朝だ。

貴之がぺろっと毛布を剝いた。うーん、と呻いて目を開ける柾。眩しい朝陽が網膜を焼く。

「うー……。だるーい」

「バイトに行くんじゃなかったのか？」

「うーん……」

寝返りを打つ。全身がスポンジになった感じ。でもしかたない……起きてバイト行かなきゃ。

目をしょぼしょぼさせてベッドから足を下ろし、立ち上がろうとした柾は、その場にくにゃりとくずおれた。

なんだこれ!?　痛みはないのに、膝と腰にまったく力が入らない！

「なっ、なに？　なんで!?」

貴之は涼しい顔でそれを見ている。

「どうした？　行かないのか？」

「行くよ！　行くけどっ……」

「仕事に遅刻するのは、一人前の男として最低だぞ」

「わかってるってばっっ」

でもっ、くうぅ～っ……力が入らないぃ～～～～～っ！

「たっぷり四時間、手加減なしでかわいがられると、足腰がそうなるんだよ。半日も寝ていれば治るさ」

ベッドの縁に両手を突っぱってもがく柾を、顎で撫でながら貴之が、にやにや笑いで見下ろしていた。

「どうした。ギブアップか？　そんなことでへこたれていては、学業とバイトとわたしの恋人はとうてい両立できんぞ」

「わっ……わざとやったなあっ!?　鬼！　悪魔！　サディストッ！　変態ッ！」

「人聞きの悪い……。わたしだけのせいにするつもりか。士道不覚悟だぞ」

「なんでこんなことすんだよっ。やるだけやってみろって云ったじゃんか！」

「云ったとも。男に二言はない」

貴之はふんと鼻を鳴らし、

「これまでずいぶん手加減してきたが、中途半端は嫌なんだろう？　おまえの気持ちはよくわかった。だから、これからはわたしも真剣勝負のつもりで接することにする。手心は一切なしだ。そのつもりでいろよ」

「あ……あれで…手加減してたのかよ……!?」

「学業、アルバイト、そしてわたしとの時間、どれかひとつでもおろそかにすることは許さん。せいぜい鍛えておくことだな。――云っておくが、わたしの本領はこんなものではないぞ」

云い捨てて、茫然と座り込んでいる柾に手も貸さず、さっさとドアに踵を返した。

「……うぅうぅぅう～～～～っっ。くっそおおおぉぉ貴之いいいいい～～～～～つっっ」

バタンと閉じたドアめがけ、ひっ摑んだ枕を、力一杯投げつけた。

「這ってでも行ってやるぅう～～～～ッ！」

この勝負、四方堂貴之、まず一本。

✦初出　誰よりも君を愛す……小説b-Boy（1997年3月号）※「オンリー・ユー」を改題
第三の男…………………ビーボーイノベルズ「第三の男」（1998年5月）
X—エックス—………ビーボーイノベルズ「クリスマス・カノン」（1999年7月）
LITTLE LOVER ……同人誌収録作品
※単行本収録にあたり大幅に加筆・修正しました。

ひちわゆか先生、如月弘鷹先生へのお便り、本作品に関するご意見、ご感想などは
〒151-0051 東京都渋谷区千駄ヶ谷 4-9-7
幻冬舎コミックス　ルチル文庫「誰よりも君を愛す」係まで。

幻冬舎ルチル文庫
誰よりも君を愛す

2011年3月20日　　第1刷発行

✦著者	ひちわゆか
✦発行人	伊藤嘉彦
✦発行元	株式会社 幻冬舎コミックス 〒151-0051 東京都渋谷区千駄ヶ谷 4-9-7 電話 03(5411)6432［編集］
✦発売元	株式会社 幻冬舎 〒151-0051 東京都渋谷区千駄ヶ谷 4-9-7 電話 03(5411)6222［営業］ 振替 00120-8-767643
✦印刷・製本所	中央精版印刷株式会社

✦検印廃止

ISBN978-4-344-82200-9　C0193　Printed in Japan